ROSAMUNDE PILCHER

LE BIANCHE DUNE DELLA CORNOVAGLIA

Traduzione di Liliana Schwammenthal

ARNOLDO MONDADORI EDITORE

Titolo originale dell'opera: *The Carousel*

I edizione Bestsellers Oscar Mondadori settembre 1995

ISBN 88-04-39299-1

Questo volume è stato stampato
presso Arnoldo Mondadori Editore S.p.A.
Stabilimento Nuova Stampa – Cles (TN)
Stampato in Italia – Printed in Italy

Ristampe:

3 4 5 6 7 8 9 10 11 12 13

1997 1998 1999 2000

Le bianche dune della Cornovaglia

I

Ferma in piedi al centro del grazioso tinello illuminato dal sole di settembre, mia madre aveva tutta l'aria di voler scoppiare in pianto dalla delusione. «Non sarai impazzita per caso, Prue?» sbottò alla fine.

Ma non c'era pericolo che si mettesse a piangere, non era proprio il tipo (anche se in questo caso gliel'avevo fatta grossa): perché rovinarsi il trucco e farsi venire gli occhi gonfi, per non parlare di quelle inestetiche rughe che le sarebbero poi comparse sul viso? Il suo aspetto era una delle cose a cui teneva di più al mondo. E adesso mi stava di fronte al lato opposto del camino, inappuntabile nel suo completo di lana color fragola con la camicetta bianca di seta, gli orecchini d'oro e il braccialetto con i ciondoli. Naturalmente i suoi bei capelli d'argento erano ondulati e freschi di piega. Si vedeva però che cercava a fatica di dominare un conflitto di devastanti emozioni: collera, materna sollecitudine, ma soprattutto delusione. Mi faceva pena.

«Su, Mami, non è poi la fine del mondo.» Ma, nel momento stesso in cui proferivo quelle parole, mi rendevo perfettamente conto di quanto poco convincenti esse suonassero alle orecchie di mia madre, e sotto sotto anche alle mie.

«Per la prima volta in vita tua trovi uno che sembra davvero l'uomo che fa per te...»

«Tesoro, "l'uomo che fa per te" è un'espressione così superata...»

«È affascinante, serio, ha un buon lavoro, e viene dalla famiglia giusta. E tu hai ventitré anni ed è ora che tu ti sposi, abbia dei figli e una casa tua, che ti sistemi, insomma.»

«Non mi ha nemmeno *chiesto* di sposarlo, Mami.»

«Certo che no. Vuole farlo come si deve: prima deve portarti a casa sua e presentarti a sua madre. È così che si fa. E le sue intenzioni sono inequivocabili. Basta solo vedervi insieme per capire che è follemente innamorato di te.»

«Follemente è l'ultima espressione che userei parlando di Nigel: ce lo vedi a fare follie di qualsiasi genere?»

«Sul serio, Prue, non capisco che cosa tu vada cercando.»

« È questo il punto, Mami, non sto cercando proprio niente.»

Discutevamo su questo argomento così spesso che conoscevo la mia parte parola per parola, come se l'avessi studiata a memoria. «Ho tutto quello che voglio: un lavoro che mi piace, un appartamentino di mia proprietà...»

«Non vorrai certo chiamare appartamento quella camera nel seminterrato..»

«E non ho la minima voglia di sistemarmi.»

«Hai ventitré anni. Io mi sono sposata a diciannove.»

Stavo per aggiungere: "E sei anni dopo avevi già divorziato", ma mi controllai. Non si possono dire certe cose a mia madre, anche se certe volte te le tira proprio fuori di bocca dall'esasperazione. In verità, nonostante la forte personalità e la volontà ferrea che le permettevano di averla vinta in parecchie occasioni, c'era qualcosa di vulnerabile in mia madre – la figuretta esile, gli enormi occhi azzurri, l'inequivocabile femminilità – che ti impediva di essere troppo dura con lei.

Così aprii la bocca per risponderle, ma subito la richiusi di nuovo, e rimasi impotente a guardarla. Mentre lei mi fissava con un'espressione di rimprovero, capii per l'ennesima volta come mio padre non avesse avuto scampo il momento stesso in cui aveva posato gli occhi su mia madre. Si erano sposati perché, se da un lato era assolutamente impossibile resistere a lei, dall'altro lui rappresentava esattamente quello che mia madre stava cercando fin da quando aveva scoperto l'esistenza del cosiddetto sesso opposto.

Mio padre si chiama Hugh Shackleton. In quel periodo lavorava a Londra, in una banca d'affari nella City, aveva un ottimo tenore di vita e un luminoso futuro davanti a sé. Ma sostanzialmente era un pesce fuor d'acqua. Gli Shackleton erano originari del Northumberland e mio padre era cresciuto lassù, in una fattoria chiamata Windyedge, dove i pascoli scendevano a lambire il freddo Mare del Nord e d'inverno i venti soffiavano dritto dai Monti Urali. Mio padre non aveva mai cessato di amare quel paese, né mai aveva smesso di rimpiangerlo. Quando aveva sposato mia madre, la gestione della fattoria era in mano a suo fratello maggiore, ma quest'ultimo era poi morto tragicamente in un incidente di caccia. Mio padre era andato nel Northumberland per il funerale. Ci era rimasto cinque giorni e, ancor prima di fare ritorno a Londra, aveva preso una decisione: avrebbe lasciato il suo lavoro, venduto la casa di Londra, e sarebbe ritornato a Windyedge.

Voleva diventare un agricoltore.

A quel tempo io avevo cinque anni e le liti, le discussioni, le lacrime e le recriminazioni che c'erano state dopo che mio padre aveva comunicato questo proposito a mia madre sono tra i primissimi ricordi davvero tragici della mia vita. Lei aveva fatto tutto il possibile per fargli cambiare idea, ma mio padre era stato irremovibile. Alla fine mia madre aveva scoccato l'ultima freccia che aveva al suo arco: se lui fosse ritornato nel Northumberland, ci sarebbe ritornato da solo. E con sua grande sorpresa, mio padre era tornato lassù. Forse si era illuso che lei lo avrebbe seguito, ma mia madre sapeva essere altrettanto ostinata, se ci si metteva. Così, a meno di un anno di distanza, avevano divorziato. La casa di Paulton Square era stata venduta e mia madre si era trasferita in un'altra casa più piccola, vicino a Parson's Green. Naturalmente io ero rimasta con lei, ma avevo sempre trascorso un paio di settimane all'anno nel Northumberland, tanto per non perdere i contatti con mio padre. Dopo un po' lui si era risposato con una ragazza timida e appassionata di cavalli, un tipo che portava delle gonne di tweed sempre un po' sformate e la cui faccia lentigginosa non aveva mai conosciuto ombra di cipria. Furono molto felici. Lo sono ancora, se è per questo, e la cosa mi fa piacere.

Ma per mia madre le cose non erano state così facili. Apparentemente mio padre corrispondeva a un ideale di uomo che lei capiva e ammirava. Era appunto per questo che l'aveva sposato. Non aveva mai tentato di andare oltre quella sua patina superficiale da uomo d'affari della City – cappello a bombetta, completo gessato e valigetta diplomatica. In verità non aveva la minima voglia di scoprire in lui degli aspetti diversi. Ma gli Shackleton erano dei tipi che ti riservavano molte sorprese e, con suo grande disappunto, mia madre scoprì che ne avevo ereditate parecchie, di quelle loro sconcertanti caratteristiche. Il famoso zio dell'incidente di caccia non si era limitato a fare l'agricoltore, ma era stato anche un musicista di una certa levatura. Mio padre, a sua volta, quando aveva un po' di tempo libero, sapeva eseguire arazzi fantastici. Ma l'autentica ribelle dei tre era la loro sorella Phoebe. Artista e provetta pittrice, aveva una personalità così eccentrica, così incurante delle convenzioni della vita di tutti i giorni, che mia madre aveva fatto parecchia fatica a trovare un *modus vivendi* con quella cognata.

Da giovane Phoebe era vissuta a Londra, ma verso i quarant'anni si era scrollata di dosso la polvere della città per trasferirsi in Cornovaglia, dove aveva allegramente convissuto con un uomo incantevole, uno scultore di nome Chips Armitage. Non si erano mai sposati, con tutta probabilità perché la moglie di lui si era rifiutata di concedergli il divorzio ; quando era morto, Chips aveva lasciato a Phoebe la sua piccola casa gotico-vittoriana a Penmarron, dove lei viveva tuttora.

Nonostante questo piccolo inconveniente sociale, mia madre non poteva permettersi di tagliare completamente i ponti con Phoebe, perché questa era la mia madrina. Così di tanto in tanto mia madre e io venivamo invitate a stare da lei:le lettere mettevano sempre bene in chiaro che Phoebe sarebbe stata felice di avermi là da sola, ma mia madre temeva la sua influenza *bohémienne*, e fedele al principio che diceva: se non riesci a battere gli Shaclektons, cerca almeno di non perderli di vista perché non combinino troppi guai, mi aveva sempre accompagnato in quelle visite, almeno finché ero bambina.

Alla nostra prima visita in Cornovaglia ero molto preoccupata: ero ancora piccola, ma sapevo bene che mia madre e Phoebe non avevano niente in comune ed ero terrorizzata dalla prospettiva di due settimane di discussioni e imbarazzanti silenzi. Ma avevo sottovalutato l'astuzia di Phoebe: la mia madrina aveva infatti risolto il problema presentando mia madre alla signora Tolliver. La signora Tolliver abitava in una casa chiamata White Lodge a Penmarron e aveva una sua piccola cerchia di amiche perfettamente convenzionali. Queste, a loro volta, erano state ben felici di inserire mia madre nei loro pomeriggi di bridge e di invitarla alle loro cene.

Così mia madre se ne stava tutta contenta a giocare a carte in quelle luminose giornate in cui Phoebe e io passeggiavamo sulla spiaggia o montavamo i nostri cavalletti accanto alla diga vecchia, oppure ancora ci portavamo all'interno a bordo della vecchissima Volkswagen scalcinata che Phoebe usava come studio mobile, per poi arrampicarci su per la brughiera e perderci in un paesaggio immerso in una luce bianca e vibrante che sembrava un riflesso del mare.

Nonostante l'antagonismo di mia madre, Phoebe esercitava un'enorme influenza su di me. Non solo mi aveva trasmesso il suo talento per il disegno, ma aveva anche influito sulla mia vita in maniera più pratica (forse in certi casi si era addirittura trattato di pressioni vere e proprie): dovevo ringraziare lei infatti per la forza e la determinazione che mi avevano sostenuto nella mia decisione di andare a studiare a Firenze e iscrivermi a una scuola di pittura, e che alla fine mi avevano portato al mio lavoro attuale nella Galleria d'Arte di Marcus Bernstein in Cork Street.

E adesso era a causa di Phoebe che stavamo litigando. Nigel Gordon era entrato nella mia vita mesi fa: non mi erano mai piaciute le persone totalmente convenzionali, e con lui era la prima volta che facevo vagamente eccezione a questa regola. Così, quando l'avevo portato a casa per presentarlo a mia madre, lei non era riuscita a celare la sua soddisfazione. Nigel a sua volta l'aveva incantata, flirtando con lei e portandole dei fiori. Quando poi avevo detto a mia madre che ero stata invitata nella sua casa in Scozia a conoscere la sua famiglia, il suo entusiasmo non aveva conosciuto limiti. Mi aveva già comprato un paio di pantaloni alla zuava di tweed da portare «per le passeggiate sulla brughiera», e inoltre immaginavo anche che avesse dato libero sfogo alla sua fantasia con una serie di sogni culminanti nell' annuncio del nostro fidanzamento sul «*Times*», gli inviti stampati e la cerimonia a Londra (io ero naturalmente in bianco, con un modello disegnato in modo da figurare bene visto di spalle).

Ma all'ultimo minuto Phoebe aveva bruscamente posto fine a queste deliziose fantasticherie. Le era successo, poveretta, di rompersi un braccio. Così, appena uscita dall'ospedale con il suo braccio ingessato, mi aveva telefonato da Holly Cottage, la sua casetta, per pregarmi di venire a tenerle compagnia. Non che non fosse perfettamente in grado di badare a se stessa, ma le era impossibile guidare e trovava insopportabile anche soltanto l'idea di rimanere bloccata fin quando non le avessero tolto il gesso.

La straordinaria sensazione di sollievo che mi aveva preso mentre ascoltavo la sua voce al telefono mi aveva permesso di essere finalmente sincera con me stessa e ammettere che non avevo la minima voglia di andare su nel nord ospite dei Gordon.

Non ero evidentemente ancora pronta a legarmi così seriamente a Nigel. A quanto pare a livello inconscio avevo sempre desiderato una scusa plausibile per tirarmi fuori da quell'impegno. Ed ecco che adesso il pretesto ideale mi veniva offerto su un piatto d'argento. Senza esitare avevo risposto a Phoebe che sarei venuta. Poi avevo detto a Nigel che non potevo andare in Scozia. E ora lo stavo comunicando a mia madre.

Com'era prevedibile, era rimasta sconvolta.

«In Cornovaglia! Con Phoebe!» Dal tono in cui parlava si sarebbe detto che intendevo partire per un viaggio senza ritorno.

«Devo andare, Mami» e cercai di farla sorridere. «Lo sai benissimo che Phoebe è già un pericolo pubblico al volante di quella sua vecchia macchina anche quando ha tutte e due le braccia a posto.»

Ma mia madre era incapace di prenderla sul ridere. «È così scortese da parte tua tirarti indietro all'ultimissimo minuto! Non ti inviteranno più. E che cosa penserà la madre di Nigel?»

«Le scriverò. Sono sicura che capirà.»

«E laggiù con Phoebe... con lei non conoscerai altro che un mucchio di studenti sempre sporchi e quelle donne incredibili perennemente avvolte nelle loro mantelle tessute a mano.»

«Forse la signora Tolliver riuscirà a pescare qualche uomo "che fa per me".»

«Non c'è niente da ridere.»

«In fondo è la *mia* vita» obiettai in tono pacato.

«Non sai fare altro che ripetermi sempre questa frase: me l'hai detta quando te ne sei andata ad abitare in quello squallido scantinato. E a Islington, poi, fra tutti i posti che potevi scegliere.»

«È molto di moda, adesso.»

«E poi quando ti sei iscritta a quell'orribile scuola d'arte...»

«Adesso almeno ho un lavoro perfettamente rispettabile, devi ammetterlo.»

«Dovresti sposarti, così non saresti costretta a lavorare.»

«Non rinuncerei al mio lavoro nemmeno se fossi sposata.»

«Ma così non hai un futuro, io voglio che tu abbia una vita decente.»

«Ce l'ho una vita decente.»

Ci guardammo negli occhi per un lungo momento. Poi mia madre mandò un profondo sospiro, ormai rassegnata, anche se aveva l'aria di essere stata offesa a morte. Era il segnale che, almeno per il momento, la discussione era finita.

«Non ti capirò mai» esclamò con aria patetica.

Mi precipitai ad abbracciarla «Non provarci nemmeno» le risposi. «Mi basta semplicemente che torni di buon umore e che continui a volermi bene. Ti manderò una cartolina dalla Cornovaglia.

Avevo deciso di non andare in macchina in Cornovaglia, ma di prendere il treno. La mattina dopo, dunque, presi un taxi e mi feci portare alla stazione di Paddington. Avevo prenotato un posto a sedere, ma non c'era molta gente: era metà settembre e il grande flusso di villeggianti era ormai cessato. Sistemato il bagaglio, mi ero appena seduta, quando sentii qualcuno bussare leggermente al finestrino: alzai gli occhi e vidi fuori dal treno un uomo che teneva una cartella portadocumenti in una mano e un mazzo di fiori nell'altra.

Con mio grande stupore riconobbi Nigel.

Mi alzai, tornai allo sportello della carrozza e scesi sul marciapiede. Nigel mi venne incontro con un sorriso imbarazzato.

«Non speravo proprio di riuscire a trovarti, Prue.»

«Che diavolo stai facendo qui?»

«Sono venuto a salutarti, ad augurarti *"bon voyage"*» rispose, tendendo verso di me i fiori, dei crisantemi gialli piccoli e arruffati. «E a portarti questi.»

Mio malgrado, quel gesto mi commosse: il solo fatto di venire qui alla stazione era il suo modo di farmi sapere che mi perdonava e che aveva capito il motivo per cui lo stavo piantando in asso. La cosa mi fece sentire ancora più ignobile. Presi il mazzo avvolto nella sua carta bianca e frusciante e affondai il viso nei fiori, che avevano un profumo delizioso, poi alzai gli occhi verso di lui e gli sorrisi.

«Sono le dieci. Non dovresti essere alla tua scrivania, a quest'ora?»

«Non c'è fretta» mi rispose scuotendo la testa.

«Non sapevo che fossi un pezzo grosso nel mondo dell'alta finanza.»

«Non lo sono,» sorrise Nigel «ma non devo nemmeno timbrare il cartellino. E poi ho telefonato dicendo che avevo avuto un contrattempo.» La sua era una di quelle facce solide dall'aria matura e i suoi capelli chiari cominciavano ad andare in piazza, ma quando sorrideva così, Nigel aveva proprio l'aria di un ragazzo. Forse ero davvero matta a voler abbandonare quest'uomo attraente per andare a prendermi cura della mia imprevedibile zia Phoebe. Che non avesse ragione mia madre, dopo tutto?

«Mi spiace piantarti in asso. Ieri sera ho scritto a tua madre.»

«Sarà per un'altra volta...» rispose generosamente Nigel. «Comunque cerca di non sparire e fammi sapere quando ritorni a Londra.»

Sapevo che mi avrebbe aspettato, se glielo avessi chiesto, pronto a venire a prendermi alla stazione, a riportarmi a Islington, a riprendere le fila della nostra relazione come se non fossi mai partita.

«D'accordo.»

«Spero che tua zia si riprenda in fretta.»

«Ha solo un braccio rotto, non è che sia veramente ammalata.»

A questo punto ci fu un breve imbarazzante silenzio, poi Nigel disse: «Bene...» e fece un passo avanti per sfiorarmi la guancia con un bacetto frettoloso. « Ciao, e fa' buon viaggio.»

«Grazie di essere venuto, e grazie per i fiori.»

Fece un passo indietro, agitò la mano in un gesto di saluto, poi girò sui tacchi e se ne andò. Lo guardai allontanarsi facendosi strada in mezzo al viavai di facchini, carrelli portabagagli e famiglie cariche di valigie. Arrivato al cancello di accesso ai binari, si voltò per l'ultima volta e ci scambiammo un cenno di saluto, poi scomparve.

Anche se avevo preso quasi tutto dagli Shackleton, ogni tanto dal profondo del subconscio sentivo affiorare delle strane emozioni che riconoscevo come eredità inequivocabile di mia madre. Questo era appunto uno di quei momenti: dovevo proprio essere pazza a non desiderare di stare con Nigel. Perché diavolo non mi decidevo ad avere una storia con lui, anzi, a passare il resto della mia vita insieme a lui? Normalmente la sola idea di sistemarmi mi faceva recalcitrare come un cavallo imbizzarrito, ma in quel momento, seduta là sul treno a guardare la Stazione di Paddington dal finestrino, tutt'a un tratto l'idea mi parve molto attraente: la sicurezza, ecco ciò che quell'uomo affidabile era in grado di offrirmi. Immaginai di vivere nella sua solida abitazione londinese e poi trascorrere le vacanze in Scozia, lavorare solo se l'avessi desiderato, non certo per necessità di denaro. Pensai anche di avere dei bambini...

«Mi scusi, è libero questo posto?» disse una voce.

«Cosa?...» Alzai lo sguardo e vidi l'uomo fermo in piedi nel corridoio tra i sedili. Aveva in mano una piccola valigia e accanto a lui una ragazzina di circa dieci anni, magrolina, coi capelli scuri e un paio di occhiali rotondi che le davano un po' l'aria di un gufo.

«Sì, è libero.»

«Bene» rispose l'uomo, e alzò la valigetta per metterla sulla rete portabagagli. Non pareva dell'umore adatto per scambiare convenevoli e tutto il suo modo di fare tradiva una certa impazienza, per cui decisi che non era certo il caso di raccomandargli di fare attenzione ai miei crisantemi. Come Nigel, indossava il tipico completo gessato blu degli uomini d'affari della City. Ma l'abito non gli andava bene, come se in quegli ultimi tempi avesse messo su parecchi chili (mi figurai enormi pranzi sulla sua nota spese) e, mentre alzava le braccia per sistemare la valigetta, ebbi un primo piano della sua costosa camicia con i bottoni tesi da scoppiare. Era bruno e un tempo doveva essere stato un bell'uomo, ma ora aveva le mascelle appesantite e il colorito acceso e portava i capelli brizzolati lunghi sulla nuca, forse per compensare una calvizie incipiente.

«Eccoti arrivata» disse alla ragazzina. «Su, siediti qui.»

Lei gli obbedì, appollaiandosi cautamente sul bordo del sedile: aveva con sé un solo giornalino a fumetti e portava a tracolla una borsetta di pelle rossa. Era una bambina pallida, con i capelli tagliati molto corti che le lasciavano scoperto il collo lungo e sottile - i capelli così corti e gli occhiali la facevano sembrare un ragazzo e, con quella sua evidente infelicità sopportata con eroico stoicismo, mi ricordò quei ragazzini che vedi sul marciapiede della stazione, infagottati nelle loro rigide uniformi nuove, tutti presi a cercare di trattenere le lacrime mentre i loro atletici padri gli ripetono imperterriti come se la spasseranno a stare in collegio.

«Ce l'hai il biglietto?»

La ragazzina annuì.

«La nonna verrà a prenderti alla stazione.»

Annuì di nuovo.

«Bene...» Si passò la mano tra i capelli: era evidente che

non vedeva l'ora di andarsene. «Questo è quanto, dunque. Andrà tutto bene.»

Ancora una volta la ragazzina annuì. Si guardarono negli occhi, senza sorridersi. L'uomo fece per andarsene, quando gli venne in mente qualcosa.

«Tieni...» Si frugò nella tasca della giacca, tirò fuori un portafoglio di coccodrillo e ne tolse una banconota da dieci sterline. «Avrai bisogno di mettere qualcosa sotto i denti. Quando è ora di mangiare, vai al vagone ristorante.»

Lei prese il biglietto da dieci sterline e rimase seduta là a fissarlo.

«Ciao, allora.»

«Ciao.»

L'uomo se ne andò, ma al finestrino si fermò un attimo per farle un cenno di saluto e un sorriso frettoloso. Poi subito scomparve, diretto, ci avrei scommesso, a un' automobile lucente e vistosa, che l'avrebbe riportato al sicuro nel suo mondo di uomo d'affari.

Come poco prima mi ero detta che Nigel era simpatico, così ora dissi a me stessa che quest'uomo era orribile e mi chiesi come mai il compito di accompagnare la ragazzina alla stazione fosse stato affidato a una persona tanto sgradevole. Intanto la bambina sedeva accanto a me, immobile come un topolino; dopo un po' prese la sua borsetta, aprì la cerniera lampo, infilò la banconota da dieci sterline nella borsetta, e poi richiuse la cerniera. Pensai di tentare un approccio amichevole, ma notai un luccichio di lacrime dietro gli occhiali e decisi di lasciarla in pace per il momento. Poi il treno cominciò a muoversi, ed eravamo in viaggio.

Aprii il mio «*Times*», lessi i titoli e tutte le deprimenti notizie del giornale e poi, con un piacevole senso di sollievo, mi dedicai alla pagina delle Arti. Trovai subito quello che stavo cercando, la recensione di una mostra che era stata inaugurata un paio di giorni prima alla Galleria Peter Chastal, a breve distanza da dove lavoravo per Marcus Bernstein.

L'artista era un giovane di nome Daniel Cassens, la cui carriera avevo sempre seguito con interesse perché, all'età di vent' anni, aveva trascorso un anno in Cornovaglia a casa della zia Phoebe per studiare scultura con Chips. Io non lo avevo mai conosciuto di persona, ma Phoebe e Chips si erano affezionati parecchio a lui e, quando Daniel li aveva lasciati per continuare la sua carriera in America, Phoebe aveva seguito i suoi progressi con l' accanito entusiasmo di una madre.

Cassens aveva viaggiato parecchio, poi aveva trascorso alcuni anni in America e finalmente era approdato in Giappone, dove si era appassionato allo studio della elaborata semplicità dell'arte orientale.

Quest'ultima mostra era appunto frutto degli anni trascorsi in Giappone e il recensore si profondeva in lodi entusiastiche, esaltando la calma formalità dell' opera di Daniel Cassens, la sua pennellata sicura e la raffinatezza dei particolari.

«...È una collezione unica, questa» terminava il pezzo. «Ogni singolo quadro è una sfaccettatura di un'esperienza eccezionale e completa. Prendetevi un'ora di libertà dal tran tran quotidiano e andate a visitare la Galleria Chastal. Vi assicuro che non ve ne pentirete.

L'articolo avrebbe fatto molto piacere a Phoebe e io ero contenta per lei. Chiusi il giornale, guardai fuori dal finestrino e vidi che ci eravamo lasciati alle spalle la periferia ed eravamo ormai in campagna. Era una giornata umida, con grandi nubi grigie che solcavano il cielo, rivelando di tanto in tanto un tratto di limpido azzurro. Gli alberi stavano cominciando a cambiare colore, le prime foglie a cadere. Nei campi si vedevano dei trattori che aravano e i giardini delle villette a cui sfrecciavamo accanto erano rossi di fiori di astri.

Tutt'a un tratto mi ricordai della mia piccola compagna di viaggio e mi voltai a vedere come se la passava. Non aveva ancora aperto il suo giornalino né si era sbottonata il soprabito, ma le lacrime erano scomparse e sembrava più tranquilla.

«Dove sei diretta?» le chiesi.

«In Cornovaglia» rispose.

«Anch'io vado in Cornovaglia. Dove vai esattamente?»

«Vado a stare da mia nonna.»

«Sarà bello.» Poi mi venne un dubbio: «Ma non è vacanza adesso. Non dovresti essere a scuola?»

«Sì, ma sto in un collegio. Eravamo ritornati a scuola, ma

poi è scoppiata la caldaia e così hanno chiuso per una settimana, mentre la sistemano, e ci hanno rimandati di nuovo tutti a casa.»

«Che cosa terribile! Spero che nessuno si sia fatto male.

«Nessuno, ma la signorina Brownrigg, la preside, ha dovuto stare a letto per un giorno. La direttrice ha detto che era stato lo shock.»

«Non mi sorprende.»

«Così sono tornata a casa, ma a casa non c'è nessuno tranne mio padre. Mia madre è in vacanza a Maiorca: c'è andata quando sono finite le mie vacanze. Così devo andare dalla nonna.»

Da come lo diceva, non sembrava che la prospettiva la riempisse di gioia. Stavo cercando di trovare qualcosa di consolante da dirle per tirarla un po' su di morale, ma la ragazzina prese il suo giornalino e si mise a leggerlo, con l'aria ostentata di chi vuole tagliar corto. Trovai la cosa divertente, ma capii l'antifona, e allora presi il mio libro e cominciai a mia volta a leggere. Il viaggio continuò in silenzio, finché non arrivò il cameriere del vagone ristorante a dirci che stavano servendo il pranzo.

Posai il libro. «Vuoi andare a mangiare qualcosa per pranzo?» le chiesi, pensando al biglietto da dieci sterline che aveva nella borsetta.

La ragazzina mi fissò angosciata: «Ma io... io non so da che parte si va...».

«Io ci vado, vuoi venire con me? Potremmo pranzare insieme.» «Oh, sul serio?» rispose riconoscente. Aveva l'aria molto sollevata. «I soldi per pagare li ho, ma è la prima volta che viaggio in treno da sola e non so come si fa.»

«Lo so benissimo, è imbarazzante, non è vero? Forza, vieni, muoviamoci prima che tutti i tavoli siano occupati.»

Insieme ci incamminammo lungo il corridoio e raggiungemmo il vagone ristorante, dove ci fu assegnato un tavolo per due, apparecchiato con una tovaglia bianca fresca di bucato. C'erano anche dei fiori in una brocca di vetro

«Ho un po' caldo, pensi che possa togliermi il soprabito?» mi chiese.

«Trovo che sia un'ottima idea.»

Mentre la bambina si spogliava, il cameriere venne ad aiutarla, poi le prese il soprabito e glielo appoggiò con cura sullo schienale della sedia. Aprimmo i nostri menu.

«Hai fame?» le domandai.

«Sì, mi sembra un secolo da quando abbiamo fatto colazione.»

«Dove abiti?»

«A Sunningdale. Sono venuta a Londra in macchina con mio padre. Lui ci viene tutti i giorni .»

«Tuo... Era tuo padre quel signore che ti ha accompagnato?»

«Sì.» Non le aveva nemmeno dato un bacio quando l'aveva salutata. «Lavora in un ufficio alla City.» I nostri occhi si incrociarono e lei distolse in fretta lo sguardo. «Detesta arrivare in ritardo al lavoro.»

«Non esistono molti uomini che amano arrivare in ritardo al lavoro» le dissi in tono rassicurante. «È con sua madre che vai a stare?»

«No, la nonna è la mamma di mia madre.»

«Io vado a stare con una zia» dissi per trasformare il mio interrogatorio in una conversazione più leggera. «Si è rotta un braccio e non è in grado di guidare la macchina, così vado là a badare a lei. Abita proprio sulla punta estrema della Cornovaglia, in un paesino che si chiama Penmarron.»

«Penmarron! Ma anch'io vado a Penmarron.»

Era proprio una strana coincidenza.»Che combinazione!»

«Mi chiamo Charlotte Collis, sono la nipote della signora Tolliver. È lei la mia nonna. Conosci la signora Tolliver?»

«Sì, ma non molto bene. Mia madre giocava a bridge con lei. E mia zia si chiama Phoebe Shackleton.»

A questo punto si illuminò tutta. Per la prima volta da quando l'avevo vista sembrò una bambina vera, e una bambina tutta contenta ed eccitata per di più: aveva gli occhi sbarrati dietro gli occhiali e la bocca aperta dallo stupore rivelava i denti troppo grandi per il suo visino stretto. «*Phoebe*!

Phoebe è la mia migliore amica. Vado sempre da lei a prendere il tè coi pasticcini quando sono dalla nonna. Non sapevo che si fosse rotta un braccio.» Mi fissò con attenzione e poi mi chiese: «Tu... tu non sei mica Prue, per caso?».

«Sì, sono io» risposi sorridendo. «Come hai fatto a riconoscermi?»

«Mi sembrava di avere già visto la tua faccia da qualche parte. C'è la tua foto nel soggiorno di Phoebe. Ho sempre pensato che tu fossi molto carina.»

«Grazie.»

«E Phoebe mi parla sempre di te quando vado a trovarla. È bellissimo andare da lei a prendere il tè, perché non è come essere con un adulto, e posso anche andarci da sola. E poi giochiamo sempre con quella giostra che era stata un grammofono.»

«Era mia, Chips l'aveva costruita per me.»

«Non ho conosciuto Chips, è morto tanto tempo fa.»

«E io» le risposi «non conosco tua madre.»

«Possibile? Ma se andiamo a stare dalla nonna quasi tutte le estati!»

«Io però sono da Phoebe nel periodo di Pasqua, o certe volte a Natale. È per questo che non ci siamo mai incrociate. Non so nemmeno come si chiama tua madre.»

«Annabelle. Si chiamava Annabelle Tolliver, ma adesso è la signora Collis.»

«E hai fratelli e sorelle?»

«Ho un fratello, Michael. Ha quindici anni ed è a Wellington.»

«Però a Wellington non è saltata in aria la caldaia, vero?»

Era un tentativo di rendere un po' più frivola la conversazione, ma Charlotte non sorrise. «No» rispose.

Mi misi a studiare il menu, ma pensavo alla signora Tolliver. L'immagine che mi veniva in mente di lei era quella di una donna alta e distinta , ma piuttosto scostante: una di quelle signore dai capelli grigi senza un filo fuori posto, vestite in maniera impeccabile, con gonne dalle pieghe ben stirate e scarpe strette e lucide come castagne. Pensai a White Lodge, dove sarebbe andata a stare Charlotte, e mi domandai che cosa sarebbe riuscita a trovare da fare una bambina in quei giardini tutti leccati e in quella casa calma e ordinata.

Diedi un'occhiata alla bambina che sedeva di fronte a me e la vidi là con la fronte aggrottata: stava chiedendosi che cosa mangiare. Sembrava una personcina triste. Certo non doveva essere una situazione molto divertente la sua: prima ti rispediscono a casa da scuola semplicemente perché è saltata la caldaia, poi arrivi inaspettata, e probabilmente indesiderata, e tua madre è all'estero e non c'è nessuno che possa badare a te. E neanche essere messa su un treno tutta sola e spedita dall'altra parte del paese a trovare tua nonna, neanche questo doveva essere molto divertente. Tutt'a un tratto desiderai che la signora Tolliver fosse una di quelle nonne grassocce e affettuose dal grosso seno rotondo e accogliente, tutte felici di cucire abitini per le bambole e di fare solitari con le carte.

Charlotte alzò gli occhi e si accorse che la fissavo. «Non so che cosa prendere» disse con un sospiro sconsolato.

«Un momento fa mi hai detto che avevi molta fame. Perché non prendi il menu completo del giorno?» le risposi.

«D'accordo.» E decise per minestra di verdura, arrosto e gelato. «Secondo te basteranno i soldi per prendere anche una Coca-Cola?» mi chiese pensosamente.

Chissà come mai il viaggio in treno in Cornovaglia ha qualcosa di magico? So di non essere l'unica a sentire il fascino del momento in cui, attraversato il Tamar sul vecchio ponte della ferrovia di Brunel, ti sembra che ti si schiudano le porte di un meraviglioso paese straniero. Tutte le volte che parto, mi ripeto che non posso pretendere di rivivere questa sensazione esaltante ancora una volta, ma immancabilmente mi succede. E nemmeno riesco a spiegarmi come mai io venga presa da questo senso di euforia. Che sia lo spettacolo di quelle case, inondate dalla luce rosata del tramonto? E la vista dei minuscol. campi e di quei viadotti che svettano alti su profonde valli boscose? O forse è la gioia che ti prende quando vedi per la prima volta il mare in lontananza? Potrebbero anche essere quei nomi di santi delle stazioncine che il treno attraversa nella sua corsa e che subito si lascia alle spalle, oppure le voci dei facchini sulla banchina a Truro, chi lo sa...

Alle cinque meno un quarto eravamo alla stazioncina di St. Abbatt. Mentre il treno si fermava , Charlotte e io eravamo già pronte allo sportello, con le nostre valigie e il mio mazzo di crisantemi, ormai molto meno freschi e pimpanti che alla partenza. Appena scese dal treno fummo investite da furiose raffiche di vento e sentii distintamente il sapore aspro e salato del mare. Sul marciapiede c'erano delle palme che scuotevano le foglie come dei vecchi ombrelli rotti, e un facchino aprì lo sportello del vagone di servizio tirandone fuori con brusca impazienza una gabbia di galline indignate

Sapevo che sarebbe venuto a prendermi il signor Thomas, il proprietario dell'unico taxi esistente a Penmarron. Phoebe al telefono mi aveva detto di avere prenotato i suoi servizi. Mentre ci dirigevamo verso il ponte lo vidi là in attesa, tutto infagottato in un cappotto, come se fosse stato pieno inverno, e con la testa coperta da un cappello che aveva comprato a una fiera di beneficenza e che un tempo era appartenuto a qualche nobile autista. Quando non era alla guida del suo taxi, il signor Thomas era un allevatore di maiali, e in questa sua attività portava un altro cappello, di feltro quest'ultimo però, e di maggiore antichità. Phoebe, che aveva un senso dell'umorismo rabelesiano, una volta si era chiesta che tipo di cappello portasse il signor Thomas quando andava a letto con la signora Thomas, ma mia madre aveva arricciato le labbra in una smorfia di disapprovazione, abbassando gli occhi, per nulla divertita, e Phoebe non si era più fatta domande del genere.

Non c'era traccia della signora Tolliver. Charlotte era chiaramente preoccupata.

«Forse tua nonna ti sta aspettando sull'altro marciapiede.»

Il treno, che comunque non si fermava mai molto a lungo nelle varie stazioncine, si mosse. Scrutammo il marciapiede di fronte a noi, ma l'unica persona che vedemmo là ferma ad aspettare era una donna grassa con una borsa della spesa. La signora Tolliver non c'era.

«Forse ti aspetta in macchina nel piazzale della stazione, è una serata troppo fredda per stare fuori all'aperto.»

«Spero che non si sia dimenticata di me.»

Ma sarebbe toccato al signor Thomas il compito di rassicurarci. «Salve, mia cara» mi disse venendoci incontro e prendendomi di mano la valigia. «Come sta? Sono lieto di rivederla. Ha fatto buon viaggio?» Poi abbassò lo sguardo su Charlotte. «E tu sei la ragazzina della signora Tolliver, giusto? Benissimo. I miei ordini sono di prendervi a bordo tutte e due. Prima accompagno la piccola a White Lodge e poi porto lei dalla signorina Shackleton. Avete fatto il viaggio insieme, non è vero?»

«Sì, abbiamo fatto conoscenza sul treno.»

«Sua zia avrebbe voluto venire lei a prenderla, ma non può guidare con quell'accidenti di braccio che ha. Forza, adesso,» disse rivolto a Charlotte «dammi anche la tua valigia, portarne due è meno faticoso che portarne una sola...»

Così carico si avviò su per gli scalini di legno e attraversò il sovrappasso con me e Charlotte alle calcagna. Quando mi fui sistemata nel suo taxi, che aveva sedili di pelle scadente e puzzava sempre leggermente di maiale, gli dissi: «Spero che la signora Tolliver non si sia rotta un braccio anche lei».

«Oh no, lei sta bene, non ha niente di rotto, ma non ci sembrava il caso che venissero due macchine...» E con questo avviò il motore. Con uno stridìo di marce e due soli ritorni di fiamma, il taxi si slanciò su per la salita della collina che portava alla strada principale.

Mi appoggiai allo schienale, piuttosto irritata. Probabilmente la decisione di utilizzare una sola macchina per me e per Charlotte era la più sensata, ma sarebbe stato certo più simpatico se fosse venuta la signora Tolliver in persona alla stazione a dare il benvenuto a Charlotte. Dopo tutto si trattava di fare solo un paio di chilometri in macchina. Charlotte era girata verso il finestrino e guardava fuori, e io sospettavo che ancora una volta stesse cercando di ricacciare le lacrime. Non le davo torto.

«È stata una buona idea quella di farci prendere lo stesso

taxi, non trovi ?» Cercai di parlare con entusiasmo, come se davvero approvassi quella soluzione.

La bambina non si voltò. «Sì, credo di sì.»

Se non altro eravamo arrivate a destinazione. Ecco la strada principale, spazzata dal vento, e poi giù dalla collina ombreggiata dalle querce. E adesso avevamo oltrepassato il portone di quella che un tempo era l'abitazione del signorotto locale ed eravamo nel paesino. Niente sembrava mai cambiare qui. Poi risalimmo di nuovo la collina, lasciandoci alle spalle cottage e negozi, un vecchio che portava a passeggio il suo cane, il distributore di benzina, il pub. Svoltammo quindi in una strada che scendeva giù alla chiesa e al mare, a un boschetto di antichissime querce, alla fattoria con le sue cascine dal tetto di ardesia e finalmente all' ingresso di White Lodge. Il cancello bianco era spalancato e il signor Thomas ci entrò scalando di una marcia con uno spaventoso stridìo. Arrivammo al breve vialetto d'accesso, passando sotto i rami degli alberi che lo fiancheggiavano e vidi le fasce erbose belle ordinate e le masse sbiadite di ortensie. Girammo dietro un cespuglio fiorito e ci fermammo sul piazzale di ghiaia davanti alla casa. Era una casa di pietra, dall'aria solida e imbiancata a calce. C'era un glicine che si arrampicava sul muro esterno fino alle finestre del primo piano e una rampa di scale che portava alla porta d'ingresso, che in quel momento era chiusa. Scendemmo tutti dal taxi e il signor Thomas salì a suonare il campanello. Tutt'a un tratto si levò una raffica di vento che sollevò in un mulinello delle foglie secche sparse per terra e le depositò ai nostri piedi.

Dopo una breve attesa la porta si aprì e apparve la signora Tolliver; era proprio come me la ricordavo, con il suo caschetto di capelli grigi ben pettinati e la figura snella ed elegante. Mentre scendeva i gradini verso di noi aveva un sorriso di benvenuto stampato sulla faccia.

«Eccoti qui, Charlotte.» Si chinò a dare un rapido bacio alla bambina, poi si rialzò subito. Io sono alta, ma lei lo era ancora di più. «Prue! Che bello rivederti. Spero che non ti sia spiaciuto condividere il tuo taxi con Charlotte.»

«Per niente, anzi. Ci siamo conosciute sul treno a Londra e così abbiamo fatto tutto il viaggio insieme.»

«Splendido. Allora, Charlotte, è questa la tua valigia? Entra. Fai giusto in tempo a lavarti le mani e poi prenderemo il tè. La signora Curnow ha fatto un pan di Spagna. Ti piace, vero?»

«Sì» rispose Charlotte, senza molta convinzione: probabilmente odiava il pan di Spagna. A quell'ora certo avrebbe preferito mangiare dei bastoncini di pesce con le patatine fritte.

«...E, Prue, spero che tu trovi Phoebe in buona salute. Verrai a pranzo un giorno o l'altro, vero? Come sta tua madre?»

«Sta bene.»

«Mi racconterai le novità qualche altra volta. Vieni adesso, Charlotte.»

«Arrivederci» mi disse Charlotte.

«Arrivederci, Charlotte, vieni a trovarci.»

«Sì, verrò.»

Seduta nel taxi, aspettai finché non furono salite su per gli scalini ed entrate in casa. La signora Tolliver portava la valigia e Charlotte, sempre tenendo stretto il suo giornalino, la seguiva a piccoli passi cauti. Non si voltò a farmi un cenno di saluto. La porta si chiuse alle loro spalle.

II

Non mi pareva giusto che a Charlotte fosse toccata un'accoglienza così fredda, mentre a me, che avevo ventitré anni ed ero perfettamente in grado di cavarmela da sola, erano riservati Holly Cottage e Phoebe. A Holly Cottage non c'era vialetto d'accesso, il cancello e la casa erano separati semplicemente da uno spiazzo di ghiaia. Il giardino era tutto una massa di dalie e crisantemi, la porta d'ingresso era aperta alla brezza serale e a una finestra del piano di sopra una tendina di cotone rosa si agitava allegramente al vento, come una persona che si sbracciasse per salutarti. Il taxi non fece quasi a tempo a oltrepassare il cancello, che Phoebe era già là: aveva il braccio sinistro stretto in un'ingombrante ingessatura, ma il destro bastava da solo a segnalare il suo festoso benvenuto. Si mise a correre verso di noi così inaspettatamente che per poco il signor Thomas non la investì.

Ancora prima che si fosse fermata del tutto, io ero già saltata giù dalla macchina ed ero nella stretta affettuosa dell'unico braccio funzionante di Phoebe. E risposi al suo con un abbraccio che bastava ampiamente per tutte e due.

«Oh, tesoro!» strillò tutta felice. «Sei proprio un angelo! Non avrei mai pensato che ce l'avresti fatta a venire! Non riuscivo a crederci. Ho provato ad andare in giro da sola, ma c'è da impazzire per la frustrazione. Non riesco nemmeno ad andare in bicicletta...»

Ridendo mi sciolsi dall'abbraccio e, l'una di fronte all'altra, ci guardammo in faccia con la massima soddisfazione. È sempre un piacere per me guardare Phoebe. Quel che vedo non manca mai di sorprendermi, ma è immancabilmente un piacere. A quel tempo aveva superato da un pezzo i sessant'anni, ma mi è sempre stato impossibile pensare a Phoebe come a qualcuno per cui passano gli anni.

Portava le solite calze spesse, un paio di stivali e una gonna di tela jeans, logora e sbiadita. Sopra il tutto indossava camicia e cardigan da uomo (probabilmente ereditati da Chips); intorno al collo aveva delle catene d'oro e una sciarpa scozzese. E, naturalmente, portava il cappello. Non la vedevi mai senza: erano cappelli dalla tesa larga e dalla cupola alta, piuttosto vistosi. Ai primi tempi li metteva mentre dipingeva all'aperto, per proteggersi gli occhi dal riverbero freddo e bianco della luce della Cornovaglia. Ma a poco a poco erano diventati una parte così essenziale di lei che spesso si dimenticava di toglierseli. Questo era di un colore marrone scuro, decorato da piume grigie di gabbiano infilate nella fascia. All'ombra benevola della tesa la faccia di Phoebe, tutta un reticolo di rughe sottili, era illuminata da un sorriso che rivelava denti bianchi e regolari come quelli di un bambino; gli occhi erano dell'azzurro intenso della pervinca – e così luminosi da rivaleggiare con i pendenti d'argento e turchese che aveva alle orecchie.

«Sei un'imbrogliona» le dissi. «Può anche darsi che ti sia rotta il braccio, ma sei più bella che mai.»

«Sciocchezze, la sente quella, signor Thomas? Ha il coraggio di dirmi che sono bella. O è pazza o è cieca, non c'è altra spiegazione. Allora, che cos'è questa? La tua valigia? E questi fiori appassiti per chi sarebbero? Non voglio fiori morti...»

Mi prese di mano il povero mazzo appassito e ricominciò a ridere. «E adesso, signor Thomas, mi sa che dovrà mandarmi il conto. In questo momento non sono in grado di pagarla, non trovo più la mia borsetta.»

«Pago io, Phoebe.»

«Ma niente affatto, ci mancherebbe anche questo. Tanto al signor Thomas non fa niente, non è vero?

Il signor Thomas l'assicurò che non gli faceva niente, poi

risalì sul suo taxi, ma Phoebe gli corse dietro e infilò la testa nel finestrino per chiedergli notizie della gamba malata della signora Thomas. Il signor Thomas cominciò a darle le informazioni richieste, dilungandosi nei particolari. Così a metà di quella dissertazione, Phoebe decise che ne aveva abbastanza. «Sono proprio contenta che stia meglio» tagliò corto decisa, e tirò fuori la testa dal finestrino. Il signor Thomas, interrotto nel bel mezzo della sua tirata, rimase imperturbabile: era tipico della signorina Shackleton comportarsi così, Dio solo sapeva che modi strani aveva quella. Il vecchio taxi si rimise di nuovo in moto e in meno di un secondo sfrecciava via, schizzando ghiaia attraverso il cancello e lungo la strada.

«Forza, adesso.» Phoebe mi prese il braccio. «Entriamo in casa. Voglio sentire tutte le novità.»

Entrammo insieme in casa dalla porta aperta: nell'ingresso mi fermai un attimo a guardare e con mia grande gioia non trovai niente di cambiato. Ecco il pavimento lucido coperto da innumerevoli tappeti, la scala di legno che portava al piano di sopra, le pareti imbiancate su cui erano appesi, secondo un ordine che seguiva il capriccio del momento, i coloratissimi minuscoli oli di Phoebe. Nella casa c'era un odore misto di trementina, fumo di fuoco di legna, olio di lino, aglio e rose, ma, quello che ti incantava di più era l'effetto complessivo di ariosità e leggerezza creato dai colori chiari, le tendine di pizzo, le stuoie di paglia, e il legno tirato a lucido. Sempre, persino nel cuore dell'inverno, là ti sentivi quasi in estate.

Tirai un profondo respiro, assaporando ogni particolare. «Che meraviglia» esclamai. «È un sogno essere di nuovo qui.»

«Ti ho messo nella tua solita camera» mi disse Phoebe, poi mi lasciò sola e si avviò verso la cucina. Sapevo che avrebbe passato un po' di tempo a cercare di resuscitare i poveri fiori di Nigel, anche se ne aveva più che a sufficienza nel giardino, così presi la valigia e salii nella stanza che era sempre stata la mia fin da bambina. Quando aprii la porta fui investita da una folata di aria fredda che entrava dalla finestra spalancata. Chiusi subito la porta e tutto cessò di gonfiarsi e svolazzare. Posai la valigia a terra e mi diressi alla finestra per ammirare quel paesaggio che mi era così familiare.

C'era bassa marea e l'aria della sera era permeata dall'odore delle alghe. A Holly Cottage non eri mai lontana dagli odori del mare, perché la casa era costruita su un'altura erbosa che dava su un estuario: questo penetrava nell'interno come un enorme lago e si riempiva e svuotava ogni giorno con la marea.

Sotto la casa c'era un'ampia diga, dove un tempo una ferrovia a un solo binario serviva un cantiere navale molto attivo. Il cantiere era chiuso adesso e le traversine erano state tolte, ma era rimasto ancora il muro, solido come una roccia. Durante l'alta marea l'acqua arrivava quasi al bordo superiore del muro e in estate potevi farti delle belle nuotate là, ma con la bassa marea laggiù non c'era nulla se non acri e acri di sabbia, qualche scoglio pieno di alghe, delle pozze d'acqua qui e là,e una decina di barche da pesca abbandonate, che erano state tirate a secco parecchi inverni prima e, per un motivo o per l'altro, non erano più state rimesse in mare.

Su questo, che era il lato sud della casa, il giardino inaspettatamente si allargava: un prato di forma irregolare, decorato da aiuole sparse qua e là senza un disegno preciso, digradava verso la siepe divisoria di escallonia. Nel bel mezzo della siepe si apriva un cancello sopra il quale il cespuglio di escallonia era stato tagliato a formare un arco, il che dava al giardino un'aria deliziosamente formale e antiquata. Sulla destra, oltre a un alto muro di mattoni vicino al quale Chips Armitage aveva piantato degli alberi di pesco, c'era un orto di dimensioni rispettabili e, dove terminava quest'ultimo, quasi invisibile dalla casa, c'era lo studio di Chips. Da dove stavo adesso non vedevo altro che il colmo del tetto di ardesia su cui al momento sedeva un gabbiano tutto solo: mentre lo osservavo, l'uccello aprì le ali urlando la sua diffidenza al mondo in generale, poi prese il volo, alto nel cielo, sorvolando la distesa di sabbia bagnata e deserta.

Sorridendo chiusi la finestra per non far entrare altro freddo e scesi da Phoebe.

Ci sedemmo l'una di fronte all'altra, ai due lati del camino, con un ruggente fuoco di legna per riscaldarci, mentre fuori la luce pian piano moriva nel buio della sera. Su un carrello c'era una grossa teiera di terracotta marrone, tazze e piattini di coccio dipinto, un piatto di focaccine appena sfornate, burro di fattoria, bello giallo, e marmellata di ciliegie fatta in casa.

«Non le hai fatte tu queste focaccine, Phoebe, vero? Non ci saresti riuscita con una mano sola.»

«No, le ha preparate stamattina Lily Tonkins. È un tesoro quella donna! Viene tutti i giorni e si è praticamente impadronita della cucina. Solo adesso capisco che cuoca superba è.»

«Ma come hai fatto a romperti il braccio?»

«Oh, mia cara, è successo in un modo così idiota! Ero giù nello studio a cercare dei vecchi disegni di Chips... sapevo che dovevano essere sul ripiano più alto della sua libreria e sono salita su una sedia e, c'era da aspettarselo, qualche stupido tarlo si era scavato la tana nel legno e così la gamba ha ceduto, e patapumfete!» e scoppiò a ridere, come se stesse raccontandomi la storiella più buffa che avesse mai sentito. Aveva ancora in testa il cappello con le piume. «E sono stata fortunata a non essermi rotta anche una gamba. Sono rientrata in casa e grazie al cielo c'era là il postino con la posta del pomeriggio. Così sono saltata sulla sua macchina e mi sono fatta portare all'ospedale, dove mi hanno imbalsamata in questo stupido gesso.»

«Povera Phoebe!»

«Oh, be', non è che mi faccia troppo male, è solo una seccatura. Il peggio è non riuscire a guidare. Per esempio, domani devo ritornare all'ospedale per far vedere il braccio al dottore... Immagino che abbia paura che mi entri in cancrena o roba del genere...»

«Ti ci porto io...»

«Non occorre, mi mandano un'ambulanza. Non sono mai stata su un'ambulanza, e ti confesso che non vedo l'ora di salirci. E adesso dimmi, come sta Delia?»

Delia era mia madre. Le risposi che stava bene.

«E com'è andato il viaggio?» Prima ancora che iniziassi a risponderle, le venne in mente il suo accordo con la signora Tolliver a proposito del taxi: «Santo cielo, mi sono dimenticata di chiedere al signor Thomas di Charlotte Collins! Si è ricordato di prendere su anche lei alla stazione?»

«Sì.»

«Benissimo. Spero che non ti sia spiaciuto fare il viaggio con lei. Personalmente trovo che la signora Tolliver avrebbe potuto anche sprecarsi ad andare a prendere di persona quella povera bambina, ma a sentire lei non aveva senso farlo, visto che il signor Thomas veniva comunque alla stazione.»

«Sono d'accordo con te, avrebbe proprio potuto venire lei a prenderla.»

«E come sta, povero topolino?»

«Sembrava un po' preoccupata.E non è che l'idea di venire a stare dalla nonna la mandasse proprio in visibilio. L'unica persona per cui ha mostrato un po' di entusiasmo sei tu. Ti adora.»

«Non è strano? Mi sembrerebbe più logico che preferisse la compagnia di bambini della sua età. Peccato che in questo paesino non ce ne siano molti, ma poi, anche se ce ne fossero, quella bambina è sempre stata piuttosto solitaria. La prima volta che ci siamo incontrate l'ho trovata che vagabondava per conto suo sulla spiaggia. Mi ha detto che era uscita a fare una passeggiata, e così l'ho fatta venire qui per il tè e ho telefonato alla signora Tolliver per avvertirla che la bambina era con me. E da allora è venuta abbastanza spesso. È affascinata dai miei quadri e dai colori e dalle cartelle con gli schizzi. Le ho dato un album da disegno e dei pennarelli e ho scoperto che ha un notevole talento e una splendida immaginazione. E un'altra cosa che le piace molto è quando le racconto delle storie del mio passato, di Chips e delle buffe cose che facevamo insieme lui e io. È strano, se ci pensi, per una bambina così piccola.»

«Sai, non credo di avere mai saputo che la signora Tolliver avesse una nipotina. A dire la verità non ho mai nemmeno avuto la sensazione che avesse una figlia. O un marito, se è per questo. Che cosa ne è stato del signor Tolliver, a proposito?»

«È morto qualche anno fa. Quando Chips e io siamo venuti a stare qui era ancora vivo e quei due vivevano alla grande. Avevano una Bentley nel garage, due giardinieri, una cuoca e una cameriera, insomma quello era il loro tenore di vita. Viziavano Annabelle in maniera indecente, gliele davano tutte vinte: era la tipica figlia unica. Ma poi il signor Tolliver ha avuto un attacco di cuore (stava giocando a golf ed è stramazzato a terra alla sesta buca) e non si è più ripreso. Dopodiché le cose sono cambiate radicalmente. Naturalmente la signora Tolliver non ne ha mai parlato, è la donna più riservata che io conosca, ma il macchinone è stato venduto e chiaramente c'è stato un grosso taglio alle spese. Annabelle, che era stata mandata in Svizzera, in una di quelle scuole che costano un patrimonio, ha dovuto interrompere tutto e tornarsene a casa a frequentare la scuola superiore locale. La odiava. Secondo me era convinta di essere stata deliberatamente umiliata dal destino. Che sciocca!»

«Che tipo era?»

«Molto bella, ma totalmente priva di cervello. Dopo essersi sposata e aver avuto il figlio, veniva qui d'estate ospite di sua madre: mentre era qui aveva sempre tre o quattro spasimanti ai suoi piedi. Quando era a un party non riuscivi a vederla, tanti erano gli uomini che le si assiepavano intorno. Sembravano api vicino a un barattolo di miele.»

«Adesso è a Maiorca, me l'ha detto Charlotte.»

«Lo so, so tutto di questa vacanza. Secondo me la signora Tolliver avrebbe preferito che tornasse a casa a occuparsi di Charlotte. Era molto seccata per la faccenda della caldaia della scuola: che inefficienza! Io trovo che sia stata una cosa spaventosa quell'esplosione, avrebbe potuto uccidere tutti i bambini! Ma la signora Tolliver era soprattutto preoccupata dalla prospettiva di doversi accollare Charlotte.»

«Ma non vuole bene a Charlotte?»

«Oh, se è per quello le vuole bene» mi rispose Phoebe in quel suo tono noncurante. «Ma i bambini non le sono mai interessati troppo e credo che trovi Charlotte un po' noiosa. E poi è la prima volta che ha la bambina da sola a casa sua e credo che si stia disperatamente chiedendo che cosa diavolo farne.»

Fuori si stava alzando il vento, che faceva tremare il telaio delle finestre e fischiava intorno agli angoli della casa. Era quasi buio, ma la stanza in cui stavamo era calda e le fiamme danzavano allegre nel caminetto. Allungai il braccio ver so il bollitore che gorgogliava su una piastra di ottone accanto alle fiamme e riempii di nuovo la teiera.

«E il marito di Annabelle?»

«Leslie Collis? Non l'ho mai potuto soffrire, è un uomo orribile!»

«Sì, anch'io l'ho trovato orribile. Non ha nemmeno dato un bacio a Charlotte quando l'ha salutata. Come si sono conosciuti lui e Annabelle?»

«Era ospite del Castle Hotel a Porthkerris con tre altri agenti di Borsa, o simili, insomma con dei tipi che lavoravano nella City come lui. Non so come si siano conosciuti, ma non ha fatto in tempo a metterle gli occhi addosso che era già spacciato.»

«Ma non doveva certo essere un tipo attraente!»

«Stranamente lo era, a modo suo. Aveva un fascino tenebroso e pacchiano: spendeva soldi a palate e viaggiava in Ferrari.»

«E Annabelle era innamorata di lui, secondo te?»

«Neanche per sogno. Annabelle era innamorata solo di se stessa. Ma lui era in grado di darle tutto quello che aveva sempre sognato e lei detestava essere povera. E naturalmente la signora Tolliver incoraggiava spudoratamente la cosa. Penso che non avesse mai perdonato al suo povero marito di essere morto lasciandola in ristrettezze ed era fermamente decisa a fare in modo che Annabelle facesse un buon matrimonio.»

Quest'ultima frase mi fece riflettere,, poi mi versai un'altra tazza di tè e mi appoggiai comodamente allo schienale imbottito della vecchia poltronaprofonda e accogliente. «Immagino che tutte le madri siano uguali» dissi.

«Non dirmi che Delia ha ricominciato!»

«Oh no, non ha ricominciato, ma c'è questo tizio... è lui che mi ha dato questi crisantemi...» E le raccontai di Nigel Gordon e dell'invito in Scozia.

Phoebe mi ascoltò con la sua solita comprensione e, quando ebbi finito, mi disse: «Sembra una persona molto piacevole».

«Lo è, questo è il guaio. È maledettamente simpatico. Ma la mamma sente già le campane della chiesa e non si stanca più di ricordarmi che ho già ventitré anni e che dovrei sistemarmi. Probabilmente, se non continuasse a tormentarmi con questa faccenda, potrei anche sposarlo.»

«Devi sposarlo soltanto se non riesci a immaginare di po ter vivere senza di lui.»

«È proprio questo. Ci riesco benissimo, senza il minimo sforzo.»

«Ciascuno di noi chiede alla vita cose diverse. Tua madre, per esempio, ha bisogno di sicurezza: è stato questo il motivo per cui ha sposato tuo padre, e hai visto come è finita. Avrebbe dovuto cercare di conoscerlo prima di fare la sua spettacolare entrata in chiesa. Ma tu sei una persona speciale, non ti basta di certo uno che ti regali dei fiori e ti paghi i conti. Sei intelligente e piena di talento. E quando davvero ti sistemerai con un uomo, è indispensabile che sia uno capace di farti ridere. Chips e io ridevamo continuamente, anche quando eravamo poveri e non sapevamo come pagare il conto del droghiere. Non facevamo che ridere.»

Sorrisi, ricordandoli insieme. «A proposito di Chips,» dissi «lo sapevi che c'è una mostra di Daniel Cassens alla Galleria Chastal? Ho letto una recensione entusiasta sul "*Times*" proprio stamattina.»

«L'ho letta anch'io. Che cosa meravigliosa! È proprio un ragazzo in gamba. Avevo deciso di andare a Londra per l'inaugurazione, ma poi mi sono rotta questo stupido braccio e il dottore mi ha proibito di viaggiare.»

«È a Londra? Voglio dire Daniel, non il dottore.»

«Dio solo sa dov'è. Probabilmente è ancora in Giappone. Oppure se n'è andato in Messico o in qualche posto altrettanto assurdo. Comunque mi piacerebbe vedere quella mostra. Forse, se sarò in grado di farlo, tornerò a Londra con te e andremo insieme a vederla. Come ce la spasseremmo insieme noi due!»

Quella notte feci un sogno: ero su un'isola, un'isola tropicale, con la sabbia bianca e le palme tutt'intorno. Faceva molto caldo e io ero su una spiaggia e camminavo in direzione del mare, un mare trasparente e silenzioso. Avrei voluto fare una nuotata ma, quando arrivai all'acqua, scoprii che era molto bassa e mi arrivava appena alle caviglie. Cammi nai per un po' e poi improvvisamente la sabbia precipitava in basso con un ripido salto e io non toccavo più e nuotavo in un'acqua scura come l'inchiostro e venivo trascinata da una corrente impetuosa come quella di un fiume verso la cascata. Mi sentivo andare alla deriva. Sapevo che sarei dovuta tornare indietro, che avrei dovuto raggiungere la spiaggia a nuoto, ma la corrente era troppo forte, era impossibile resisterle. Così smisi di lottare e mi lasciai trascinare, pur sapendo bene che non sarei più riuscita a ritornare indietro. Ma la sensazione di lasciarsi andare alla marea era così bella, che non mi importava. Mi svegliai con il sogno ancora chiaro e nitido nella mente: ricordavo tutti i particolari. Rimasi a letto per un po', ripensando a quell'acqua pulita e alla sensazione di pace che avevo provato mentre mi lasciavo portare da quel mare caldo e tranquillo. Tutti i sogni significano qualcosa e io mi chiesi come un esperto avrebbe interpretato questo. Mi venne in mente, senza che la cosa mi turbasse in nessun modo, che avrebbe potuto anche riguardare la morte.

III

Passate le prime ore del mattino, la giornata diventò bellissima: l'aria era tersa e luminosa, ravvivata da una leggera brezza; il cielo azzurro era tutto una pezzatura di nuvoloni bianchi che il vento aveva portato dall'Atlantico e da cui il sole occhieggiava qua e là. Nel corso della mattinata la marea invase pian piano l'estuario, impadronendosi della spiaggia e riempiendo le pozze lasciate vuote dalla bassa marea. Alle undici aveva già raggiunto la diga sotto la casa.

Phoebe se ne era andata al suo appuntamento al Cottage Hospital, a bordo dell'ambulanza locale. Era stato un evento non privo di una sua teatralità: per l'occasione Phoebe si era messa un altro cappello, di velluto nero questo, e decorato da una sciarpa di seta indiana, e alla partenza mi aveva salutato dal finestrino aperto con l'entusiasmo di una scolaretta che va in gita scolastica. Visto che sarebbe tornata per pranzo, mi ero offerta di occuparmene io, ma Lily Tonkins, già all'opera con l'aspirapolvere, mi aveva detto che aveva già messo dell'agnello nel forno. Così presi un album da disegno e un carboncino, rubai una mela dalla ciotola della frutta, e uscii all'aperto.

E adesso, alle undici, me ne stavo seduta sul pendio erboso sopra la diga, a disegnare: l'aria fresca del mattino risuonava di stridii di gabbiani e il sole splendeva abbagliante sull'acqua increspata dal vento. Avevo fatto uno schizzo con le barche da pesca abbandonate, con le loro catene e àncore fatiscenti e l'albero levato a perforare il cielo. Mentre aggiungevo qualche particolare a un boccaporto scolorito, sentii il treno del mattino da Porthkerris attraversare il tratto dietro a Holly Cottage e sostare per un attimo alla fermata vicino alla spiaggia. Non era un treno molto importante e non passava di frequente; pochi secondi più tardi fece un fischio e ripartì, scomparendo dietro la curva.

Ero così assorta in quei piani prospettici che mi stavano facendo impazzire, che non badavo a quello che succedeva intorno a me ma, quando alzai gli occhi per studiare la chiglia di un *dinghy* capovolto, notai un movimento con la coda dell'occhio ; guardai con più attenzione e vidi una figura che si avvicinava: veniva dalla direzione della stazioncina, e pensai che fosse sceso dal treno che avevo appena visto e avesse attraversato i binari per poi seguire il tracciato del raccordo in disuso. Non era una cosa insolita: succedeva sovente che qualcuno prendesse il treno da Porthkerris a Penmarron per poi tornare indietro a piedi, lungo il sentiero che costeggiava la scogliera per tre o quattro miglia.

Il mio disegno perse momentaneamente d'interesse: posai l'album, presi la mia mela e cominciai a mangiarla osservando lo sconosciuto che si avvicinava: era un tipo alto e avanzava a passo sciolto e spedito sulle sue lunghe gambe. Da lontano non riuscii a farmi un'idea di come fosse vestito, ebbi soltanto una vaga impressione di blu e bianco, ma poi, quando si fu avvicinato un po' di più, vidi che indossava dei blue jeans azzurri e una camicia sbiadita con sopra uno di quei giacconi di maglia che comprano i turisti in vacanza in Irlanda. Il giaccone era aperto e svolazzava al vento. Intorno al collo l'uomo aveva annodato un fazzoletto rosso e bianco, alla moda degli zingari. Aveva i capelli molto scuri e non portava il cappello. Non sembrava avere la minima fretta, ma procedeva a un passo decisamente veloce, come uno che sapesse bene dove stava andando.

Adesso era giunto all'estremità della diga: a questo punto si fermò a osservare l'acqua scintillante, facendosi schermo con la mano, ma riprese subito dopo il suo cammino e fu allora che mi vide, là seduta nell'erba alta a guardarlo mentre mangiavo la mia mela.

Pensavo che probabilmente sarebbe passato oltre, magari salutandomi distrattamente con un «Buongiorno», ma, quando arrivò alla mia altezza, si fermò accanto a me, con la schiena rivolta all'acqua, le mani affondate nelle tasche del suo voluminoso giaccone e la testa leggermente inclinata all'indietro. Il vento gli scompigliava i capelli scuri. «Salve» disse.

La voce e il modo di fare erano quelli di una persona molto giovane, ma il viso abbronzato non era quello di un ragazzo e intorno alla bocca e agli occhi infossati c'erano delle linee ben segnate.

«Salve.»

«Bella giornata.»

«Davvero.» Terminai la mia mela e buttai via il torsolo, sul quale subito si avventò un gabbiano per portarselo via e consumarlo in privato.

«Sono appena sceso dal treno.»

«Lo supponevo. Adesso torna a Porthkerris a piedi?»

«No.» E cominciò a scalare il pendio erboso, aprendosi un varco tra i rovi e le felci. Quando mi raggiunse, si lasciò cadere al mio fianco, le lunghe membra ossute spaparanzate a terra. Non potei fare a meno di notare che aveva le scarpe di tela bucate in punta e che al calore del sole il suo giaccone emanava un forte odore di pecora, come se fosse stato lavorato a maglia direttamente da qualche vello unto e oleoso.

«Può passare dagli scogli, se vuole» gli dissi.

«Ah, sì, ma, vede, ho altri programmi.» Diede una sbirciatina al mio album e, prima ancora che facessi in tempo a impedirglielo, l'aveva preso in mano. «Bello!»

Detesto che la gente guardi il mio lavoro, specialmente quando non è nemmeno finito. «È solo uno scarabocchio.»

«Non direi.» Lo esaminò ancora un momento e poi lo posò senza aggiungere altri commenti. «È maledettamente affascinante stare a guardare l'arrivo dell'alta marea. È questo che sta facendo lei?»

«È da mezz'ora che sono qui a guardarla.»

Si cacciò la mano in tasca e da quel capace ricettacolo tirò fuori un sottile pacchetto di sigari, un blocchetto di fiammiferi e un libro in edizione economica, molto sgualcito, che aveva tutta l'aria di venire letto e consultato molto di frequente. La cosa suscitò il mio interesse, specie quando vidi che si trattava di *Cornovaglia: un mondo che scompare* di Daphne du Maurier. Il blocchetto dei fiammiferi portava il timbro «Castle Hotel, Porthkerris». Avevo già la sensazione di sapere parecchio su di lui, mi sembrava di essere un detective.

Scelse un sigaro e lo accese. Aveva delle mani bellissime, lunghe e sfilate, con dita dalla punta leggermente a spatola. L'orologio che aveva al polso era chiaramente un oggetto da poco prezzo, niente di speciale, ma all'altro polso portava un braccialetto d'oro a catena, che aveva l'aria di essere antico e piuttosto pesante.

Mentre infilava di nuovo fiammiferi e sigari nella tasca, gli chiesi: «Alloggia al Castle?».

Mi guardò stupito e poi sorrise: «Come ha fatto a indovinare?».

«Osservazione e deduzione. I fiammiferi.»

«Ma certo, che stupido sono. Be', ieri notte ho dormito là, se questo si può chiamare alloggiare. Sono arrivato ieri da Londra.»

«Anch'io. Però sono venuta in treno.»

«Avrei preferito venire in treno anch'io, ma mi hanno dato un passaggio. Odio guidare e odio le automobili. Mi piace molto di più starmene seduto a guardare il paesaggio dal finestrino o a leggere un libro, trovo che sia infinitamente più civile.» Si sistemò in una posizione più più comoda, appoggiandosi sul gomito. «E lei è qui in vacanza, o temporaneamente, oppure abita qui?»

«Sono qui solo temporaneamente.»

«In paese?»

«Sì, anzi, proprio qui.»

«E che cosa significa "proprio qui"?»

«Vuol dire la casa qui sopra.»

«A Holly Cottage, dunque.» E si mise a ridere. «Lei sta da Phoebe?»

«Conosce Phoebe?»

«Ma certo che conosco Phoebe! È per lei che sono qui. Sono venuto appunto a trovare lei.»

«Be' in questo preciso momento non la troverà, perché è andata al Cottage Hospital in ambulanza.» Mi guardò inorridito. «Sta bene, non le è venuto un collasso o cose del genere, si è solo rotta un braccio. Gliel'hanno ingessato e il dottore vuole dargli un'occhiata.»

«Be', mi ero proprio spaventato. Sta bene per il resto?»

«Ma certo. Sarà a casa per pranzo.»

«E lei chi è? Un'infermiera o una delle sue immancabili studentesse?»

«No, sono la sua immancabile nipote.»

«Non sarai per caso Prue?»

«Ebbene sì, sono Prue, ma tu chi sei?» chiesi aggrottando la fronte.

«Daniel Cassens.»

«Ma se sei in Messico!» esclamai, senza rendermi conto di quanto fossi ridicola.

«In Messico? Ma se non ci sono mai stato in vita mia!»

«Phoebe mi ha detto che dovevi essere in Messico o in qualche altro posto altrettanto assurdo.»

«Gentile da parte sua! A dire la verità ero in barca alle Isole Vergini, con degli amici americani, ma poi qualcuno ha detto che ci sarebbe stato un uragano e così ho deciso che era proprio ora di andarmene. Però non ho fatto in tempo a mettere piede a New York che sono stato bombardato di telegrammi da Peter Chastal che mi intimavano di essere a Londra per l'inaugurazione di quella mostra che aveva allestito per me.»

«So tutto di quella mostra. Vedi, io lavoro per Marcus Bernstein. Siamo praticamente porta a porta con Peter. E poi ho letto le recensioni sull'esposizione. Credo proprio che sia un grosso successo. Le ha lette anche Phoebe ed è entusiasta.»

«Sì, immagino.»

«Eri presente all'inaugurazione?»

«Sì, alla fine mi sono deciso ad andarci. All'ultimissimo momento ho ceduto e ho preso l'aereo per Londra.»

«Dai l'impressione di esserci andato senza troppo entusiasmo, come mai? È uno di quegli eventi che nessuno vorrebbe perdere per niente al mondo. Fiumi di champagne e lodi sperticate.»

«Detesto le mie mostre. Le trovo un'orribile forma di esibizionismo, è come mettere in vetrina i propri figli. E tutti quegli occhi che ti fissano! Mi fa star male.»

Lo capivo perfettamente. «Però ci sei andato, dopo tutto.»

«Sì, e ci sono rimasto per un po'. Ma mi ero travestito – occhiali scuri e metà faccia coperta dal cappello. Sembravo una di quelle spie mezze matte. Mi sono fermato per mezz'oretta, non di più, e poi, approfittando di un attimo di distrazione di Peter, mi sono defilato e sono andato a sedermi in un pub per cercare di decidere che cosa fare. Poi mi sono messo a chiacchierare con un tizio, gli ho offerto una birra e lui mi ha raccontato che stava andando in Cornovaglia in macchina, così gli ho chiesto un passaggio e sono arrivato qui ieri notte.»

«Avresti potuto stare da Phoebe. Perché non sei venuto direttamente da lei? »

Avevo fatto quella domanda senza riflettere, ma mi pentii subito. Daniel evitò il mio sguardo, strappò un ciuffo d'erba con la mano e lasciò che il vento gliela soffiasse via dalle dita.

«Non lo so» rispose alla fine. «Ci sono tanti motivi, alcuni encomiabili, altri meno.»

«Ma lo sai che sarebbe stata felice di averti.»

«Sì, lo so, ma è passato tanto di quel tempo. Sono passati undici anni da quando ero qui. E Chips era vivo allora.»

«Hai lavorato con lui, non è vero?»

«Sì, per un anno. Quando è morto io ero in America. Stavo da certe persone che conoscevo che avevano un vigneto a Sonoma Valley, nella California settentrionale. La lettera di Phoebe impiegò parecchio tempo a raggiungermi: ricordo di aver pensato che le persone che ami potrebbero vivere in eterno, basterebbe solo che nessuno ti dicesse che sono morte. Un'altra cosa che ho pensato allora era che non sarei più riuscito a tornare in Cornovaglia. Ma in fondo la morte fa anch'essa parte della vita: questo però l'ho imparato in un secondo tempo, allora non lo sapevo.»

Mi vennero in mente tante cose in quel momento: la giostra che Chips mi aveva costruito, ricavandola da un vecchio grammofono; il modo in cui ridevano insieme lui e Phoebe; l'odore della sua pipa.

«Anch'io gli volevo bene.»

«Tutti gli volevano bene, era così buono e generoso! Con lui ho studiato scultura, ma ho anche imparato da lui parecchie cose sulla vita che, a vent'anni, sono infinitamente più importanti della scultura. Non ho mai conosciuto mio padre, e ciò mi faceva sentire diverso dagli altri, ma Chips ha riempito questo vuoto e mi ha dato un solido senso di identità.» Capivo perfettamente quello che intendeva dire, perché avevo lo stesso debito nei confronti di Phoebe. «Mentre venivo qui da Londra ieri, continuavo ad avere dei ripensamenti: mi chiedevo se in fondo non stessi facendo un errore. Non è sempre saggio ritornare nei luoghi dove sei stato giovane e hai fatto sogni sul tuo futuro. E sulle tue ambizioni.»

«Ma se i tuoi sogni e le tue ambizioni si sono avverati, allora non è un errore tornare. E nel tuo caso non c'è ombra di dubbio,, la mostra di Chastal deve avertene dato la prova. Immagino che non ci sia rimasto un quadro invenduto.»

«Forse la verità è che ho bisogno di insicurezza.»

«Non puoi avere tutto dalla vita.» Rimanemmo in silenzio per un po'. Ormai era mezzogiorno e il sole era molto caldo. Sentivo il leggero soffio del vento, l'acqua che lambiva la diga. Da oltre l'estuario, ormai in piena alta marea, giungeva il ronzio distante delle macchine che passavano sulla strada del terrapieno. Uno stormo di gabbiani si disputava il possesso di un pezzo di pesce marcio.

«Un tempo, sai,» disse Daniel Cassens «molti secoli prima di Cristo, questo estuario era un fiume navigabile e i mercanti con le loro navi stracariche di tutti i possibili tesori del levante arrivavano fin qui dal Mediterraneo orientale, doppiando il capo di Lizard e di Lands End.»

Sorridendo dissi: «L'ho letto anch'io *Cornovaglia: un mondo che scompare* ».

«È un libro splendido» disse, e, prendendolo tra le mani,

lasciò che si aprisse a una pagina che era evidentemente stata letta e riletta molto spesso, poi lesse ad alta voce:

> L'osservatore che, accoccolato tra le dune di sabbia e gli alti ciuffi d'erba, guardi in direzione del mare fin dove l'acqua è ancora poco profonda, può dare libero corso alla più sfrenata immaginazione e raffigurarsi le imbarcazioni che entrano nel fiume con l'alta marea: file e file di navi dall'alta prua e dalla chiglia piatta, dipinte a colori vivaci, le vele alzate.

Qui chiuse il libro. «Come vorrei avere anch'io quella capacità di immaginazione! Ma non riesco a vedere altro che il presente, l'effimero, e cerco di dipingerlo come lo sento io.»

«Te lo porti sempre dietro questo libro?»

«No, l'ho trovato in un negozio a New York e già dopo la prima lettura ho capito che prima o poi dovevo ritornare in Cornovaglia. Ti prende e non ti lascia più, è come una calamita, devi ritornare indietro.»

«Ma perché proprio il Castle, tra tutti i posti che potevi scegliere?»

Daniel mi lanciò un'occhiata divertita. «Perché? Non trovi che io ci stia bene, in quel tipo di albergo?»

Pensai ai ricchi americani, ai giocatori di golf, alle signore che giocavano a bridge nei loro completini di cashmere, all'orchestra pretenziosa che suonava all'ora del tè.

«Be', non proprio.»

Si mise a ridere. «Lo so, è stata una scelta assolutamente illogica, ma era l'unico albergo che ricordavo, ed ero stanco. Non ne potevo più dalla stanchezza, vuoi per il salto di fusi orari, vuoi per quello che avevo fatto a Londra, per tutto, insomma. Non sognavo altro che di infilarmi in un enorme letto e dormire per una settimana di seguito. E poi, quando mi sono svegliato stamattina, la stanchezza era scomparsa, così ho pensato a Chips e ho capito che morivo dalla voglia di venire qui a rivedere Phoebe. Sono andato alla stazione e ho preso il treno, poi sono sceso dal treno e ho incontrato te.»

«E adesso» gli dissi «ritorni a casa con me e ti fermi a

pranzo. C'è una bottiglia di vino nel frigorifero e Lily Tonkins ha dell'agnello nel forno.»

«Lily Tonkins? È ancora in circolazione?»

«È lei che manda avanti la casa. E in questo momento si occupa anche della cucina.»

«Mi ero dimenticato di Lily.» Prese di nuovo in mano il mio album da disegno, ma questa volta la cosa non mi disturbò. «Sai,» mi disse «non solo sei maledettamente carina, ma hai anche talento.»

Decisi di ignorare la prima parte della frase. «Non è vero, è appunto perché manco assolutamente di talento che lavoro per Marcus Bernstein. Ho imparato a mie spese che non sarei mai riuscita a guadagnarmi da vivere facendo l'artista.»

«Sei stata molto intelligente a capirlo» mi rispose Daniel Cassens. «La maggior parte della gente non ci arriva.»

Insieme ci arrampicammo su per la collina, con il sole alle nostre spalle. Aprii il cancello di legno e Daniel mi precedette, adagio, con l'aria intenta e cauta di un cane che fiuta un territorio familiare. Quando richiusi il cancello, si fermò e alzò lo sguardo a contemplare la facciata della casa. Guardai anch'io, cercando di vederla con i suoi occhi, dopo undici anni di assenza. A me si presentava con l'aspetto di sempre, con le sue finestre gotiche ad arco acuto e la porta del giardino che si apriva al calore del mattino sull'ammattonato della terrazzza. C'erano ancora dei gerani fioriti nei grossi vasi di terracotta e le malandate sedie da giardino di Phoebe non erano ancora state messe via per l'inverno.

Salimmo per il leggero pendio del prato e, arrivati in casa, gli feci strada.

«Phoebe?» Aprii la porta della cucina, da cui veniva un delizioso profumo di agnello arrosto. Lily Tonkins, intenta a tritare della mentuccia sul tavolo della cucina, interruppe il suo lavoro quando mi vide entrare.

«È arrivata circa cinque minuti fa. Adesso è di sopra a cambiarsi le scarpe.»

«Ho portato un ospite per pranzo, non ti spiace?»

«C'è sempre un mucchio di roba da mangiare. È un vostro amico?»

Daniel, che era dietro di me, si fece vedere. «Sono io, Lily, Daniel Cassens.»

Lily spalancò la bocca. «Oh, bontà divina!» Posò sul tavolo il coltello e si portò la mano al petto scarno, a simulare uno shock da infarto. «Guarda un po' chi si vede! Un fantasma del passato. Daniel Cassens! Devono essere passati quasi dodici anni. Che cosa fai qui?»

«Sono venuto a trovarti» le rispose lui. Fece il giro della tavola e si chinò a darle un bacio sulla guancia. Lily scoppiò in una risata acuta e poi diventò tutta rossa: «Adesso ricompare! È proprio vero che l'erba cattiva non muore mai. Aspetta solo che ti veda la signorina Shackleton. Pensavamo proprio che ci avessi dimenticate.» Era evidentemente molto commossa, lo si sentiva anche dalla voce, stridula per l'agitazione. «Lo sapevi che si era rotta un braccio, povera anima? È stata all'ospedale tutto il giorno, ma il dottore dice che va proprio benino.» E scomparve nell'atrio, dove la sentimmo chiamare la signorina Shackleton che era di sopra, dicendole di scendere immediatamente, che c'era una bella sorpresa per lei.

Daniel la seguì, ma io rimasi in cucina, temendo, chissà perché, che mi sarei messa a piangere se fossi stata presente a quell'incontro. E invece fu Phoebe che scoppiò in pianto. Non l'avevo mai vista piangere prima di allora, ma erano lacrime di gioia e durarono solo un istante. Comunque pianse. Poi ci ritrovammo tutti insieme di nuovo in cucina, io tolsi il vino dal frigo e Lily dimenticò la sua mentuccia e andò a prendere dei bicchieri, e subito la nostra riunione si trasformò in una festa piena di allegria.

Daniel rimase per il resto del pomeriggio. La giornata, così luminosa alla mattina, cambiò radicalmente. Il cielo si coprì di nubi basse, che un vento sempre più forte portava dal mare. Ci furono rovesci di pioggia e l'aria si fece fredda, ma nulla di tutto ciò incise sul nostro buonumore, perché eravamo dentro, al caldo, accanto al fuoco, e le ore volavano tra le chiacchiere, i ricordi, e, da parte di Phoebe e Daniel, la voglia di ragguagliare e di essere ragguagliati su tutto quello che era successo all'uno e all'altra in tutto quel tempo.

Che il mio contributo alla conversazione fosse limitato, non mi preoccupava: era una gioia per me stare ad ascoltare, perché non solo entrambe erano persone a cui ero in modi diversi legata, ma anche gli argomenti di cui discutevano erano tutti attinenti al mio lavoro e ai miei interessi. Sapevo di questo pittore, avevo sentito parlare di quella mostra, avevo addirittura visto quel particolare ritratto. A un certo punto Phoebe disse qualcosa a proposito di un certo Lewis Falcon, che adesso abitava in una casa a Lanyon ed era una persona che io ricordavo benissimo, perché avevamo fatto una mostra dei suoi lavori da Marcus Bernstein non più di due anni prima.

E poi parlammo di Chips, e un estraneo che ci avesse sentiti non si sarebbe stupito di vederlo entrare da un momento all'altro nella stanza, sedersi sulla sua poltrona sfondata e unirsi alla conversazione, senza immaginare che la persona di cui stavamo parlando era morta da sei anni.

Alla fine parlarono del lavoro di Phoebe. Che cosa stava facendo adesso? volle sapere Daniel, e Phoebe si schermì ridendo, com'era sua abitudine, e disse che non aveva niente da mostrargli, ma, poi, dietro le sue insistenze, ammise che sì, c'erano delle tele che aveva terminato l'anno prima, mentre era in vacanza nella Dordogna, ma non aveva mai avuto il tempo di smistarle ed erano nello studio di Chips, ancora accatastate alla rinfusa sotto dei teli di protezione. Daniel balzò in piedi e volle andare a vederle immediatamente, e così Phoebe andò a prendere la chiave dello studio, si infilò un impermeabile e i due partirono insieme, scendendo per il sentiero lastricato di mattoni, per andare a cercarle.

Non li accompagnai nella loro spedizione. Erano le quattro e mezza e Lily Tonkins se n'era andata a casa, così andai a lavare le tazze che avevamo usato per bere il caffè e preparai un vassoio per il tè: trovai un plumcake in una scatola di latta, poi riempii il bollitore vuoto all'acquaio.

L'acquaio della cucina di Phoebe era sotto la finestra, il che era piacevole, perché voleva dire che mentre stavi lavando i piatti potevi ammirare il panorama. In questo momento, però, non c'era niente da godere, visto che il paesaggio era stato sommerso da una pioggerellina fitta e sottile come nebbia. L'estuario si stava svuotando per la bassa marea e la sabbia bagnata rifletteva le nubi plumbee, basse nel cielo. Alta marea e bassa marea scandivano il ritmo del tempo, proprio come le lancette dell'orologio, che continua imperterrito a ticchettare mentre la vita scorre via veloce.

Ero tranquilla e serena. E poi, tutt'a un tratto, mi sentii molto felice. Questa ondata di contentezza mi colse del tutto impreparata, proprio come da bambina mi capitava di essere presa da un trasporto di gioia improvviso e senza motivo. Mi guardai intorno, alla ricerca di qualche particolare che potesse aiutarmi a scoprire la causa di questa irragionevole euforia. Così colsi tutti i dettagli di quella cucina tanto familiare con una chiarezza percettiva eccezionale, e ogni singolo umile oggetto d'uso quotidiano mi apparve non solo gradevole alla vista, ma addirittura bello: la grana del tavolo di legno grezzo, i vivaci colori delle stoviglie di terracotta sulla credenza, il cestino con le verdure, la simmetria delle tazze e delle casseruole.

Pensai a Daniel e a Phoebe intenti a rovistare nel vecchio studio polveroso di Chips. Ero contenta di non essere andata con loro. Cassens mi piaceva, mi piacevano le sue belle mani, la sua voce allegra e vivace e i suoi occhi scuri. C'era però qualcosa in lui che mi disturbava, e non ero certa di avere voglia di essere disturbata.

«Non solo sei maledettamente carina, ma hai anche talento » mi aveva detto.

Non ero abituata a sentirmi dire che ero carina: i miei capelli erano lunghi e diritti, ma troppo chiari, e poi avevo la bocca troppo grande e il naso a patatina. Nemmeno Nigel Gordon, che, a sentire mia madre era innamorato di me, era mai arrivato a dirmi che ero carina. Fantastica, magari, o anche sensazionale, ma carina mai. Mi chiesi se Daniel fosse sposato e subito mi venne da ridere per quell'associazione di idee addirittura trasparente, e anche perché quella era la tipica domanda che mi avrebbe rivolto mia madre. Così il mio senso del ridicolo spezzò l'incanto di quello straordinario momento di percezione e la cucina di Phoebe ridiventò l'ambiente normalissimo di sempre, quello che Lily Tonkins aveva lasciato lindo e pulito prima di mettersi il foulard in testa e inforcare la bicicletta per tornare a casa a preparare il tè al marito.

Quando finimmo di prendere il tè, Daniel tirò indietro il polsino della camicia, diede un'occhiata all'orologio e disse che doveva andare.

«Vorrei proprio che ti fermassi» esclamò Phoebe. «Perché non puoi tornare qui? Non devi fare altro che andare a prendere la tua roba e poi te ne ritorni qui da noi.»

Ma lui non ne volle sapere. «Lily Tonkins ha già abbastanza da fare a badare a voi due.»

«Ti rivedremo, almeno? Ti fermerai un po' da queste parti?»

«Per un giorno o due, direi» le rispose lui alzandosi in piedi. Mi parve che rimanesse deliberatamente sul vago. «Tornerò a trovarti.»

«E come ritorni a Porthkerris?»

«Ci dev'essere un autobus...»

«Ti accompagno io con la macchina di Phoebe» gli dissi. «La fermata è a più di un chilometro e mezzo da qui e sta ancora piovendo. Arriveresti a Porthkerris bagnato fradicio.»

«Sei sicura che non sia un disturbo per te?»

«Non è affatto un disturbo.»

Così salutò Phoebe e uscimmo, salimmo a bordo dell'automobile e feci una prudente retromarcia per portare fuori dal garage quel vecchio catorcio che era la macchina di Phoebe. Poi partimmo, lasciandoci alle spalle Phoebe che, stagliata nella luce dell'entrata di Holly Cottage, agitava il braccio sano augurandoci buon viaggio come se fossimo in partenza per il Camel Trophy.

Ci inerpicammo senza sforzo su per la collina sotto la pioggia battente e, superato il golf club, sbucammo nella strada principale. «Sei proprio in gamba a guidare» mi disse in tono ammirato Daniel.

«Ma sarai pur capace di guidare anche tu. Tutti sanno guidare la macchina.»

«Sì, ma detesto farlo. Sono una frana quando si tratta di cose meccaniche, mi perdo in un bicchier d'acqua.»

«Non hai mai avuto la macchina?»

«Sono stato costretto ad averne una in America, là ce l'hanno tutti. Ma non ho mai avuto vita facile con lei. L'avevo comprata di seconda mano ed era enorme, lunga come un autobus, con un radiatore che sembrava un'armonica a bocca e tutto uno sfoggio spudoratamente fallico di grossi fanali e tubi di scappamento. Aveva poi le marce automatiche e i finestrini a chiusura elettrica e un carburatore superpotenziato. Mi faceva una paura folle. L'ho tenuta per tre anni e poi finalmente l'ho venduta, ma l'unica cosa che ero riuscito a far funzionare in tutto quel tempo era stato l'impianto di riscaldamento.»

Scoppiai a ridere. Tutt'a un tratto mi vennero in mente le parole di Phoebe: «Quando vorrai davvero sistemarti con un uomo, è indispensabile che sia uno capace di farti ridere» mi aveva detto. Dovevo ammettere che con Nigel non ridevo molto, ma d'altra parte lui era un mago con le automobili e passava gran parte del suo tempo libero con la testa sotto il cofano della sua MG, oppure addirittura sdraiato sotto la macchina, totalmente invisibile al mondo, tranne che per i piedi: in quei momenti la sua conversazione si riduceva unicamente a frasi tipo: «Mi passeresti la chiave inglese più grande, per favore?».

In tono consolatorio gli dissi: «Non puoi essere bravo in tutto. Se sei un artista di successo, sarebbe chiedere troppo pretendere di essere anche un bravo meccanico».

«È appunto questo che trovo formidabile in Phoebe: fa quadri da sogno, si sarebbe sicuramente fatta un nome in questo campo se non avesse subordinato il suo talento all'esigenza di dare una casa accogliente a Chips... e a tutti gli studenti senza casa come me, che sono andati là a vivere e a lavorare, e che da loro due hanno imparato così tanto. Holly Cottage è stato una specie di rifugio per moltissimi giovani artisti in difficoltà. Là trovavano sempre dei pasti deliziosi e abbondanti, ordine e pulizia, calore e cordialità. Quel senso di sicurezza e benessere non te lo scordi più, ti da' un parametro del "vivere bene" che ti porti dietro vita natural durante – e intendo "bene" nel senso più autentico della parola.»

Era molto gratificante sentire un'altra persona formulare ad alta voce quello che avevo sempre provato io stessa nei confronti di Phoebe, pur non essendo mai stata capace di esprimerlo con chiarezza.

«Siamo uguali, tu e io» dissi. «Da bambina, le uniche volte in cui piangevo erano quando dovevo dire addio a Phoebe e salire sul treno per tornare a Londra. Anche se poi, una volta a casa con mia madre e nella mia stanza, circondata da tutte le mie cose, mi calmavo. E il giorno dopo tornavo a essere felice e contenta, bene inserita nel mio mondo, incollata al telefono a chiamare tutte le mie amiche.»

«Probabilmente piangevi per il senso di insicurezza che ti dava il vedere due mondi diversi che si sfiorano: non c'è niente di meglio al mondo per metterti in crisi...»

Ci riflettei un momento e decisi che aveva ragione.«Sì, penso di sì» osservai.

«A dire la verità non riesco a non immaginarti come una bambina felice.»

«Sì, lo ero. I miei genitori erano divorziati, ma erano persone intelligenti e di buon senso, tutti e due. Quanto al divorzio, è successo tutto quando ero molto piccola e così non mi ha causato nessun trauma.»

«Sei stata fortunata.»

«Sì. Mi sono sempre sentita amata e desiderata, e non si può chiedere di più alla propria infanzia.»

Adesso la strada scendeva dolcemente, curvando in direzione di Porthkerris. Ai nostri piedi le luci del porticciolo splendevano lontane nel buio. Arrivati al cancello del Castle Hotel entrammo con la macchina, percorrendo il vialetto tortuoso e il viale ombreggiato di alberi di quercia. Prima di arrivare all'entrata c'era un vasto spazio con campi da tennis e da golf, e finalmente un'ampio spiazzo ghiaioso. Vedevi le luci accese alle finestre e oltre la porta girevole di cristallo. Posteggiai la macchina tra una Porsche e una Jaguar, poi spensi il motore.

«Temo di sentirmi un po' fuori posto. È la prima volta che

vengo qui, sai. Non ho mai conosciuto nessuno che fosse ricco abbastanza da portarmici.»

«Vieni dentro, ti offro qualcosa da bere.»

«Non posso entrare vestita così.»

«Nemmeno io sono molto elegante» disse, aprendo la porta. «Forza, vieni.»

Abbandonammo la macchina che, stretta tra le sue due aristocratiche vicine, aveva preso un'aria polverosa e triste, e Daniel mi fece strada: superata la porta girevole, l'interno era meravigliosamente caldo, con folti tappeti e un profumo di cose costose nell'aria. Era un momento di calma, tra l'ora del tè e l'ora dei cocktail, e non c'era molta gente in giro: un tizio in abiti sportivi (doveva aver giocato a golf) stava leggendo il «*Financial Times*», e una coppia di una certa età guardava la televisione.

Il portiere ci diede un'occhiata gelida, poi, riconoscendo Daniel, riaggiustò l'espressione della sua faccia in modo adeguato.

«Buona sera, signore.»

«Buona sera» rispose Daniel, dirigendosi subito verso il bar. Ma io, che non ero mai stata al Castle, avevo voglia di fermarmi a dare un'occhiata al posto. Qui c'era una saletta per ricevere visite e di là (visibile dalle doppie porte tenute aperte) la sala da gioco, un locale surriscaldato e tutto tappezzeria e drappeggi fino all'inverosimile. Qui, accanto al fuoco fiammeggiante del camino, sedevano quattro signore intorno a un tavolo da bridge. Mi fermai un attimo, perché qualcosa aveva attirato la mia attenzione. La scena mi ricordava una commedia degli anni Trenta. Avevo la netta impressione di averla già vista prima, in tutti i suoi particolari: le lunghe tende di broccato, le sedie coperte di cinz, l'elaborata decorazione floreale del locale...

Persino le signore erano vestite nel modo giusto: golfini di cashmere, lunghi fili di perle. Una fumava una sigaretta in un lungo bocchino di avorio.

«Due senza *atouts*.»

«Prue.» Daniel, che era tornato indietro a cercarmi, mi chiamava in tono impaziente. «Su, vieni.»

Stavo per seguirlo, quando la signora che sedeva di fronte a me al lato oppposto del tavolino alzò gli occhi. I nostri sguardi si incrociarono. Non l'avevo riconosciuta prima, ma adesso mi trovavo faccia a faccia con la signora Tolliver.

«Prue.» Aveva l'espressione di una che fosse contenta di vedermi, come volevano le buone maniere, ma dubitavo che la cosa le facesse davvero piacere. «Che sorpresa!»

«Salve, signora Tolliver.»

«Che cosa fai qui?»

Non morivo esattamente dalla voglia di andare a parlare con quelle signore, ma non avevo altra scelta, date le circostanze. «Stavo solo dando un'occhiata, non ero mai stata qui.» Entrai nella saletta e le altre giocatrici alzarono gli occhi dalle carte che avevano in mano e mi guardarono sorridendo, senza lasciarsi sfuggire un solo particolare del mio aspetto, dai capelli spettinati dal vento al vecchio pullover e ai jeans scoloriti che indossavo.

La signora Tolliver posò le carte e mi presentò alle sue amiche.

«... Prue Shackleton. Sono certa che conoscete Phoebe Shackleton, che sta a Penmarron: ecco, Prue è sua nipote...»

«Oh, sì, che piacere conoscerla» dissero le signore, ciascuna a suo modo, chiaramente ansiose di riprendere il gioco.

«Prue è stata davvero gentile con Charlotte ieri. Hanno fatto insieme il viaggio da Londra.»

E di nuovo le signore mi rivolsero il loro sorriso di approvazione. Fu allora che mi resi conto con un certo rimorso di non avere pensato a Charlotte nemmeno una volta in tutta la giornata. Chissà perché, la cosa mi fece sentire in colpa. E la vista della signora Tolliver là seduta tranquillamente a giocare a bridge non contribuì certo a mettermi la coscienza in pace.

«Dov'è Charlotte?» le chiesi.

«A casa con la signora Curnow.»

«Sta bene?»

La signora Tolliver mi fissò freddamente. «C'è qualche motivo per cui non dovrebbe stare bene?»

Questa reazione mi colse alla sprovvista. «No, nessun motivo...» Affrontai il suo sguardo. «Solo che sul treno sembrava molto silenziosa.»

«È una bambina che parla poco, non ha mai molto da dire. E come hai trovato Phoebe? Il braccio rotto non le dà troppo fastidio? Bene, mi fa piacere. È qui con te adesso?»

«No, sono venuta qui soltanto per accompagnare in macchina una persona che sta in questo albergo.»

Mentre parlavo mi ricordai di Daniel, in piedi dietro di me e, un po' confusa, mi voltai per coinvolgerlo in questo incontro e presentarlo alla signora Tolliver.

«Daniel, ti presento la signora...»

Ma Daniel non era più dietro di me: quando mi voltai, non vidi altro che il *foyer* deserto oltre le porte aperte.

«Il suo amico ci ha dato un'occhiata ed è scappato!» osservò una delle signore, e io mi voltai di nuovo verso di loro e le vidi ridere divertite dalla battuta. Sorrisi anch'io.

«Che stupida, pensavo fosse ancora qui.»

La signora Tolliver riprese di nuovo le sue carte in mano e le dispose in un ordinato ventaglio. «È stato un piacere vederti» disse, e io mi ritrovai, non so perché, ad arrossire. Mi scusai, salutai le quattro signore e me ne andai.

Quando fui di nuovo nel *foyer* mi misi alla ricerca di Daniel. Lì non c'era, ma poi vidi l'insegna illuminata del Cocktail Bar e fu là che lo trovai, seduto tutto solo su un alto sgabello con le spalle rivolte alla porta.

Ero indignata. «Perché diavolo ti sei volatilizzato in questo modo?»

«Devo confessare che le signore che giocano a bridge non sono precisamente la mia passione.»

«Nemmeno io ne vado pazza, ma certe volte devi pure parlare con le persone. Stavo per presentarti e tu eri svanito nel nulla. Ho fatto proprio la figura della stupida! Era la signora Tolliver, di Penmarron.»

«Sì, lo so. Bevi qualcosa.»

«Se sapevi che era la signora Tolliver, allora sei stato doppiamente scortese.»

«Parli proprio come una che tiene una rubrica di buone maniere sul giornale. Perché dovrei perdere tempo con la signora Tolliver? No, non dirmelo, non ho voglia di saperlo. Adesso sto bevendo uno Scotch, e tu che cosa vuoi bere?»

«Non so se ho voglia di bere qualcosa.»

«Credevo che fosse per questo che siamo venuti qui.»

«Oh, d'accordo» dissi sedendomi sullo sgabello accanto a lui. «Prenderò una birra chiara.»

Daniel fece la sua ordinazione e poi rimanemmo seduti in silenzio. La parete sul fondo del bar, quella che reggeva gli scaffali con i liquori, era coperta da vetri a specchio che ci rimandavano la nostra immagine da dietro le bottiglie. Daniel tirò fuori un sigaro e lo accese, e il barista mi portò la birra, disse qualcosa a proposito del tempo, poi ci diede un piattino di noccioline. Quando se ne fu andato all'altra estremità del lungo bancone, Daniel mi disse: «Ok, ti chiedo scusa».

«Di che cosa?»

«Di essere stato insolente con la signora Tolliver e villano con te. Devo ammettere che sono spesso insopportabile, ed è bene che tu lo sappia, prima di imbarcarti in un rapporto di indissolubile amicizia con me.» Mi guardò e sorrise.

«Non sei stato insolente con lei.» Poi aggiunsi: «Se devo essere sincera, non è che piaccia molto nemmeno a me».

«E come mai sei così in confidenza con lei?»

«Parlare con qualcuno a un tavolo da bridge non vuole esattamente dire essere in confidenza.»

«Ma la conosci molto bene?»

«No, per niente. Ma quando venivamo a stare da Phoebe, mia madre giocava a bridge con lei. E poi ieri ho fatto il viaggio in treno da Londra con la sua nipotina, Charlotte Collis. Sua madre è Annabelle Tolliver. Era seduta vicino a me e aveva l'aria di essere piuttosto infelice, così siamo andate a pranzo insieme. Ci sono stati dei problemi alla scuola di Charlotte e...» ma decisi di non entrare nei particolari «...e così sta dalla signora Tolliver per una settimana. Secondo Phoebe è un po' sola: è sempre lì a Holly Cottage, tanto per scambiare quattro chiacchiere con qualcuno.»

Daniel continuava a fumare il suo sigaro in silenzio.

Temevo di annoiarlo a morte e così gli lanciai un'occhiata per vedere se non stesse cercando educatamente di nascondere i suoi sbadigli. Ma non era così: era semplicemente seduto con il gomito appoggiato al bancone, il profilo inespressivo, gli occhi bassi. Dal suo sigaro usciva una fragrante voluta di fumo.

Bevetti un sorso di deliziosa birra gelata. «Phoebe dice che la signora Tolliver non era esattamente entusiasta dell'idea di avere con sé la bambina. Tra l'altro non è nemmeno venuta alla stazione a prenderla, e Charlotte e io abbiamo dovuto condividere il taxi del signor Thomas. E oggi la signora Tolliver è già qui a giocare a bridge e la bambina è rimasta sola con la governante. Non deve essere molto divertente per Charlotte: ha solo dieci anni e dovrebbe stare con altri bambini.»

«Sì» ammise dopo un bel po' Daniel. Poi spense il sigaro, schiacciando il mozzicone nel portacenere quasi con rabbia, come se ce l'avesse con esso. Finì il suo Scotch, posò sul bancone il bicchiere vuoto e poi si voltò verso di me, mi sorrise e mi disse inaspettatamente: «Vuoi venire a pranzo con me domani?».

Presa alla sprovvista, non gli risposi subito, e lui aggiunse in fretta: «Voglio dire solo se Phoebe può fare a meno di te. E prestarti di nuovo la macchina, naturalmente».

«Penso di sì, non dovrebbe avere niente in contrario.»

«Chiediglielo allora, appena torni.»

«OK, devo venire io a prenderti? Qui in albergo?»

«No, ci vediamo alla Ship Inn al molo di Porthkerris. Mangeremo pane, formaggio e sottaceti con un bicchiere di birra e, se farà bello, andremo a sederci sul muraglione del porticciolo e faremo finta di essere turisti.»

«A che ora?» chiesi sorridendo.

Alzò le spalle. «Verso le dodici e mezza.»

«D'accordo.» Ero molto contenta che mi avesse invitata a uscire con lui. «Alle dodici e mezza.»

«Bene, adesso finisci la tua birra» disse «e poi ti riaccompagno alla macchina.»

La porta girevole ci catapultò nel buio della piovosa serata. Quando arrivammo alla macchina di Phoebe, Daniel mi aprì la portiera ma, prima che io potessi entrare, mi mise una mano sulla nuca, attirò la mia faccia verso di lui e mi baciò sulla bocca. Aveva il viso umido di pioggia e, nell'attimo in cui rimanemmo là immobili, sentii la sua guancia fresca premere contro la mia.

Ci scambiammo la buona notte e io me ne tornai a Penmarron con la testa che mi girava, ubriaca come se avessi bevuto molto di più che non una semplice mezza pinta di birra chiara.

Scoppiavo dalla voglia di raccontare tutto a Phoebe e di addentrarmi piacevolmente in lunghe e illuminanti analisi della personalità di Daniel, della signora Tolliver e di Charlotte, ma, rientrata a Holly Cottage, trovai Phoebe che sonnecchiava accanto al fuoco. Quando mi scusai per averla svegliata, ammise di essere esausta: le faceva male il braccio, il gesso era pesante e aveva avuto una lunga giornata piena di emozioni. Si vedeva anche che era molto stanca e, nonostante il riparo protettivo della falda del cappello, la sua faccia appariva tirata e piena di ombre. Così mi limitai a dirle che Daniel mi aveva pregato di pranzare con lui il giorno dopo, e le chiesi se questo non le creava problemi e se avrei potuto prendere la macchina. Come mi aspettavo, non sollevò la minima obiezione e così me ne andai in cucina, mi versai un bicchiere di vino ristoratore, poi preparai delle uova strapazzate, che mangiammo davanti al fuoco.

Finito di cenare, anche se erano solo le otto e mezza, Phoebe decise di andarsene a letto, così le diedi una mano a salire, accesi la coperta elettrica e tirai le tende per riparare la stanza dal buio e dal freddo. Quando la lasciai comodamente sdraiata sull'enorme letto, stava leggendo un libro alla luce della lampada che aveva sul comodino, ma sapevo bene che in pochissimo tempo sarebbe sprofondata nel sonno.

IV

La mattina seguente mi alzai prima che Phoebe facesse in tempo a precedermi e scesi subito da basso. Era troppo presto per Lily Tonkins, così preparai io il vassoio per la prima colazione di Phoebe, con caffè e pane tostato, poi portai il tutto su di sopra. La trovai già sveglia, intenta a osservare dalla finestra aperta il sole che si alzava nel cielo. Quando feci la mia comparsa sulla soglia Phoebe voltò la testa sul cuscino, vide il vassoio e protestò con forza (aveva evidentemente ricuperato tutte le sue energie): «Sei proprio un'idiota, Prue, lo sai benissimo che non faccio mai colazione a letto».

«Stamattina, invece, la farai a letto la prima colazione.» Phoebe si tirò su a sedere appoggiando la schiena al cuscino, ed io le posai il vassoio sulle ginocchia e andai a chiudere la finestra.

«Rosso di mattina, maltempo si avvicina. Probabilmente oggi pioverà.»

«Non essere così pessimista. E non ti sei nemmeno portata una tazza per il tuo caffè.»

«Pensavo che avresti preferito essere lasciata ın pace.»

«Detesto essere lasciata in pace. Mi piace chiacchierare mentre faccio colazione. Vai a prenderti una tazza.» Dopo aver tolto il coperchio diede un'occhiata dentro la caffettiera. «Hai fatto caffè per un reggimento, dovrai darmi una mano a berlo.»

A letto aveva un'aria diversa (fors'anche perché era l'unico posto in cui la vedevi senza i suoi famosi cappelli), pareva più femminile, ma anche più vecchia, forse, e vulnerabile; portava i capelli folti e ispidi raccolti in una treccia che ricadeva su una spalla ed era tutta avvolta in uno scialle peloso. Aveva l'aria di stare talmente bene così, bella tranquilla e in pace nella sua camera, che le suggerii di passare la mattina a letto. «Lily Tonkins può occuparsi lei della casa, e comunque non è che tu possa aiutarla molto con un braccio solo.»

«Potrei anche seguire il tuo consiglio» rispose Phoebe, senza compromettersi troppo. «Sì, potrei stare a letto, stamattina. Tu però, adesso, vai a prenderti una tazza, prima che si raffreddi il caffè.»

Andai a prendere non solo la tazza, ma anche una ciotola di fiocchi di cereali, e feci colazione seduta sul bordo del lettone di pino che Phoebe e Chips avevano diviso in tutti quegli anni felici in cui erano vissuti nel peccato. Una volta Phoebe mi aveva confessato che tutte le cose che più amava della vita erano o illegali, o immorali, o ingrassanti, e poi era scoppiata a ridere. Ma in qualche modo l'avevano fatta franca, lei e Chips. Persino qui, in questo piccolo paese di provincia, avevano retto all'inevitabile tempesta di pregiudizi, sostenuti unicamente dalla loro forte personalità e dal loro fascino disarmante. Mi ricordo ancora di Chips che sostituiva l'organista ufficiale della chiesa quando quest'ultimo era a letto con l'influenza, e di Phoebe tutta intenta a preparare enormi torte informi da servire al tè delle Signore della Parrocchia.

Si interessava di tutti, ma non si preoccupava dell'opinione di nessuno. La osservai mentre mangiava pane tostato con marmellata d'arance: le volevo molto bene. Notò il mio sguardo e disse: «Sono contenta che tu esca a pranzo con Daniel. A che ora hai appuntamento con lui?».

«Ci vediamo alla Ship Inn a Porthkerris alle dodici e mezza. Ma devi promettermi che non ti succederà niente, altrimenti non ci vado.»

«Per l'amor del cielo, non sono certo su una sedia a rotelle. Vattene via, da brava. Ricordati però che voglio che tu mi racconti tutto quando ritorni. Un resoconto dettagliato, minuto per minuto.» Aveva gli occhi scintillanti e la bocca increspata in una risata maliziosa. Era così evidentemente di nuovo del suo solito umore allegro, che cominciai a raccontarle della mia serata e del mio incontro con la signora Tolliver.

«...ed è stato molto imbarazzante, perché, convinta com'ero che Daniel fosse dietro di me, ho detto qualcosa di stupido, tipo "Vorrei presentarvi il mio amico...", e poi, quando mi sono voltata, lui non c'era più. Volatilizzato. Si era precipitato al bar.»

«E la signora Tolliver l'ha visto?»

«Non ne ho idea.» Ci pensai un attimo. «Ma questo che cosa c'entra?»

«Be', non è che c'entri...» rispose Phoebe.

La guardai aggrottando le sopracciglia. «Senti, Phoebe, tu mi stai nascondendo qualcosa.»

Lei posò la tazza del caffè e lanciò un'occhiata soprappensiero fuori dalla finestra. Dopo un po' si strinse nelle spalle e disse: «Oh, be', immagino che non ci sia niente di male a parlarne adesso, è tutto successo tanto tempo fa. È passata tanta di quell'acqua sotto i ponti! E, dopo tutto, nemmeno allora è stata una grande tragedia, a pensarci bene.»

«Di che cosa stai parlando?»

«Be'.. mentre Daniel stava da noi, quando era ancora molto giovane, Annabelle Tolliver è venuta quaggiù da Londra a passare l'estate con sua madre e... be', si può dire che quei due abbiano avuto una storia. Anzi, una piccola storia, direi» aggiunse, cercando di non dare troppa importanza alla cosa.

Daniel e Annabelle Tolliver! Fissai Phoebe attonita. «Vuoi dire che si era invaghito di Annabelle?»

«Invaghito.» Fece una risatina. «Che bella parola fuori moda, è come "abitino" Nessuno porta più abitini al giorno d'oggi.» Sorrise e poi tornò in argomento. «No, non esattamente. Se devo dire la verità, credo che sia stata Annabelle a invaghirsi di Daniel.»

«Ma doveva essere molto più vecchia di lui.»

«Oh, certo, aveva almeno otto anni più di Daniel.»

«Ed era sposata.»

«Sì, era anche sposata. Ma te l'ho detto, questo non faceva molta differenza per Annabelle. Aveva già un figlio a quel tempo, Michael. Doveva avere circa quattro anni. Povero piccolo, ricordo che già fin da allora era tutto suo padre.»

«Ma...» le interminabili digressioni di Phoebe non contribuivano certo a chiarire la situazione. «Che cosa è poi successo?»

«Santo cielo! Non è successo niente. Andavano alle feste insieme, facevano picnic sulla spiaggia, andavano a nuotare. Quell'estate Annabelle aveva una macchina che faceva molta scena: era decappottabile e loro due scorrazzavano in macchina dappertutto. Erano una bella coppia, e davano molto nell'occhio, come puoi ben immaginare, Prue.»

Non facevo fatica a immaginarmela, purtroppo. «Ma non avrei mai pensato che Daniel...» Mi interruppi, perché non ero molto sicura io stessa di quel che pensavo.

«Non avresti mai immaginato che Daniel fosse un tipo molto mondano. Be', forse è vero, ma era un giovanotto molto attraente. Lo è ancora, se è per questo. E deve essersi sentito molto lusingato dal fatto che Annabelle fosse così ansiosa di passare il suo tempo insieme a lui. Come ti ho già detto, era molto bella. Gli uomini le ronzavano sempre intorno come mosconi innamorati, o dovrei dire come api attorno a un vasetto di miele? Ma Daniel era sempre stato un tipo riservato, anzi credo che sia stata soprattutto questa sua caratteristica ad attirare Annabelle.»

«E quanto è durata questa storia?»

«Tutta l'estate, con sporadiche interruzioni. In verità si trattava più che altro di un piccolo flirt, una cosa assolutamente innocente.»

«E che cosa diceva la signora Tolliver al riguardo?»

«La signora Tolliver non dice mai niente su alcunché. È una di quelle persone che riescono a convincersi che basta solo far finta che le cose sgradevoli non esistano, e queste scompariranno da sole. E molto probabilmente aveva anche capito che se non fosse stato Daniel, sarebbe stato qualcun altro. Forse ha pensato che in fondo uno come lui era il male minore, fra tutti quelli che sarebbero potuti capitare.»

«Ma il bambino... Michael?»

«Quello non ce l'aveva mai tra i piedi: era affidato alle cure di una tata impettita e inamidata.»

«E il marito...» Dovetti fare uno sforzo per pronunciare quell'orribile nome. «Leslie Collis?»

«Lui era a Londra a dirigere il suo ufficio. Immagino che abitasse in qualche residence, con servizi inclusi, o qualcosa del genere. Non ne ho idea, è un particolare che comunque non ha molta importanza.»

Questa straordinaria rivelazione mi fece riflettere. Alla fine dissi: «Allora, tornando a ieri sera... pensi che sia stato quello il motivo per cui Daniel non ha voluto parlare con la signora Tolliver?»

«Può darsi. Forse invece non aveva voglia di scambiare per forza convenevoli con le quattro giocatrici di bridge.»

«Mi domando perché non mi abbia raccontato lui questa storia.»

«Non ne aveva motivo. È un episodio che non ha niente a che fare con te, e comunque è di importanza trascurabile.» Si versò un'altra tazza di caffè e aggiunse decisa: «Non è davvero il caso che tu continui a rimuginarci sopra».

«Non è questo. Vorrei solo che non si fosse trattato proprio di Annabelle Tolliver.»

Rosso di mattina, maltempo si avvicina. Ma era una di quelle giornate in cui non sapevi bene che cosa ti avrebbe riservato il tempo. Una tipica giornata da vento caldo dell'ovest, con raffiche che strappano le foglie dagli alberi e le sollevano in aria e formano cavalloni bianchi sul blu cobalto del mare.

Il cielo, solcato da alte nubi, era di uno sfacciato color turchino, e l'aria sembrava addirittura scintillare. Dalla sommità della collina sopra Porthkerris l'orizzonte si stendeva a chilometri e chilometri di distanza, molto al di là del faro, e giungeva fino al lontano sperone di Capo Trevose. Dal porto ai miei piedi un peschereccio solitario si inoltrava nel mare increspato, verso il largo, sotto la scogliera di Lanyon.

La strada scendeva ripida, attraversando le stradine strette della cittadina. Quasi tutti i villeggianti estivi se n'erano ormai andati, ne era rimasto solo un gruppetto, che, in calzoncini corti e tutti infreddoliti, indugiavano davanti al chiosco dei giornali o si avviavano giù per la collina, dove la panetteria emanava un profumo di pane e biscotti caldi appena sfornati. La Ship Inn di Pothkerris si trova sulla strada del porto, accanto al vecchio pontile dove un tempo i pescatori scaricavano le sardine che avevano pescato. È là da trecento anni a questa parte. Quando le passai accanto non vidi traccia di Daniel, così trovai un posto in cui lasciare la Volkswagen e poi tornai indietro lungo la strada acciottolata ed entrai, abbassando la testa per non sbattere contro la bassa architrave annerita dal fumo. L'interno sembrava buio, dopo la luce abbagliante di quella giornata. Un vecchio sedeva accanto al camino dove ardeva un focherello di carbone : sembrava che fosse là da sempre o che fosse addirittura venuto fuori dalle assi del plancito.

«Prue.»

Mi voltai. Daniel era seduto sul pancone sotto la finestra, e davanti a lui, sul tavolo traballante ricavato dalle doghe di una botte, stava un boccale vuoto. «È una giornata troppo bella per pranzare dentro» disse, dopo essersi alzato e districato da dietro il tavolo. «Non ti pare?»

«E che cosa facciamo allora?»

«Ci compriamo qualcosa e andiamo a mangiarcela sulla spiaggia.»

Così uscimmo di nuovo e ripercorremmo la strada, finché arrivammo a uno di quei meravigliosi negozietti dove vendono di tutto. Comprammo dei pasticci di verdura freschi, ancora così caldi di forno che il padrone del negozio dovette incartarceli in un giornale, poi un sacchetto di mele, dei biscotti di cioccolato, un pacchetto di bicchieri di carta e una bottiglia di vino rosso di dubbia qualità. Quando il proprietario capì che avevamo intenzione di berlo subito, aggiunse al tutto anche un cavatappi, omaggio della ditta.

Riemergemmo al sole e, attraversata la strada, scendemmo per i gradini di pietra, che erano asciutti in cima e coperti di alghe verdi in basso. La marea stava calando e si era già lasciata dietro una mezzaluna di sabbia gialla e pulita. C'era un gruppo di rocce levigate da secoli di maree e fu là che ci sistemammo, al riparo dal vento e con la faccia al sole.

L'aria risuonava di strida di gabbiani che volteggiavano nel vento, e da poco più in là, dove degli uomini lavoravano in pace su una barca, si sentivano i colpi di martello e delle voci attutite, che però non disturbavano la quiete della scena.

Daniel stappò la bottiglia e aprimmo il pacchetto di carta di giornale. Mi resi improvvisamente conto di avere molta fame. Il mio pasticcio di verdura era ancora così caldo che per poco non mi scottai la lingua al primo morso. Dal ripieno caddero a terra dei pezzettini di patata bollente, che furono immediatamente avvistati e ricuperati da un grosso gabbiano goloso.

«Hai avuto un'idea davvero brillante» dissi.

«Mi capita di tanto in tanto.»

Pensai che, se ci fosse stato Nigel al suo posto, molto probabilmente in quel momento saremmo stati seduti a pranzo al Castle Hotel, con tanto di tovaglia bianca e un nugolo di camerieri sempre tra i piedi a disturbare la conversazione. Daniel stappò la bottiglia, bevve un sorso di vino, lo assaporò e lo mandò giù.

«Un vinello allegro e senza pretese» osservò. «Peccato che sia freddo gelato. E immagino che il berlo da un bicchiere di carta non migliori il suo bouquet. Comunque non abbiamo molta scelta, a meno di non berlo a canna.» Poi addentò il suo pasticcio. «Come sta Phoebe stamattina?»

«Ieri sera era molto stanca ed è andata a dormire presto, così stamattina le ho portato la colazione a letto e lei mi ha promesso di non alzarsi prima dell'ora di pranzo.»

«Come se la sarebbe cavata se tu non fossi riuscita a venire a Penmarron a prenderti cura di lei?»

«Ce l'avrebbe fatta lo stesso. Sarebbe stata Lily a occuparsi di lei, ma il problema è che Lily non sa guidare e Phoebe odia dover fare a meno della macchina.»

«Non hai avuto difficoltà a lasciare il lavoro così di punto in bianco? Come farà Marcus Bernstein a cavarsela senza di te?»

«Avevo comunque due settimane di vacanza, quindi non

ho avuto problemi. Marcus aveva già chiamato qualcuno a sostituirmi per il periodo in cui sarei stata via.»

«Non dirmi che avevi due settimane di vacanza e non avevi programmato niente! Che cosa volevi fare, startene a Londra?»

«No, per la verità avevo intenzione di andare in Scozia.»

«In Scozia? E che diavolo avresti fatto lassù?»

«Sarei stata ospite di certe persone.»

«Sei mai stata in Scozia?»

«No, e tu?»

«Una volta. Non facevano altro che parlarmi della bellezza della Scozia, ma pioveva così forte che non ho mai scoperto se dicevano la verità o no.» Poi mangiò un altro boccone. «E a casa di chi saresti stata?»

«A casa di amici.»

«Mi sembri molto evasiva. Ti conviene dirmi tutto, perché non smetterò di farti domande finché non mi avrai dato delle risposte. Si tratta di un boyfriend, non è vero?»

«Perché dovrebbe?» risposi senza guardarlo.

«Perché sei fin troppo attraente per non avere qualche uomo che spasima d'amore per te. E perché in questo momento la tua faccia è un poema: temo proprio che non riuscirai mai a fingere *nonchalance* se la cosa ti imbarazza tanto. Su, dai, come si chiama?»

«Chi?»

«Oh, smettila di fare la ritrosa, il tuo innamorato, naturalmente.»

«Nigel Gordon.»

«Nigel... Nigel è un nome che non posso soffrire.»

«Non è peggiore di Daniel.»

«È un nome da smidollato. Anche Timothy è un nome da smidollato. E lo stesso vale per Jeremy, e Christopher, e Nicholas.»

«Nigel non è uno smidollato.»

«Che cos'è allora?»

«È simpatico.»

«Che cosa fa?»

«È un agente assicurativo.»

«Ed è di origine scozzese?»

«Sì, la sua famiglia vive ancora là, nell'Inverness-shire.»

«Che fortuna incredibile hai avuto a non andarci! L'avresti odiata, quella casa enorme e senza riscaldamento, con camere da letto fredde come celle frigorifere e bagni incassati nel mogano, simili a bare.»

«Daniel,» dissi «non ho mai sentito in vita mia nessuno fare delle generalizzazioni così ridicole e superficiali.»

«Non lo sposerai, spero, questo agente assicurativo delle Highlands! Per favore, non farlo. Non sopporterei l'idea di immaginarti sempre vestita in kilt, e nell'Inverness-shire per giunta!»

Mi trattenni a fatica dallo scoppiare a ridere e riuscii a mantenere un'espressione seria e sussiegosa. «Non vivrei nell'Inverness-shire. Abiterei nella casa di Nigel a South Kensington, una dimora che definirei decisamente appetibile.» Buttai ai gabbiani quello che restava del mio pasticcio e presi una mela, dandole una strofinata sulla manica del mio maglione. «E non dovrei nemmeno lavorare, non sarei costretta a uscire di casa tutte le mattine per andare da Marcus Bernstein. Potrei fare la signora e avrei il tempo di dedicarmi alla mia vera passione, che è dipingere. E se anche nessuno comprasse i miei quadri, nessun problema, tanto mio marito sarebbe ben felice di pagare i miei conti.»

«Mi deludi, immaginavo che tu la pensassi come Phoebe.»

«Forse certe volte la penso come mia madre, invece. Secondo lei la vita deve essere regolare, bene inquadrata, convenzionale e sicura. Adora Nigel e desidera che io lo sposi. Non vede l'ora di organizzare le nozze. Nella Cattedrale di St. Paul, naturalmente, con il ricevimento a Pavilion Road.»

«E la luna di miele a Budleigh Salterton, con le mazze da golf nel baule della macchina. Non dirai sul serio, Prue?»

Diedi un grosso morso alla mela. «Può anche darsi.»

«Non quando parli di quell'uomo di nome Nigel.»

Cominciavo a irritarmi. «Non sai niente di lui. E comunque, che cosa c'è di male nel matrimonio? Tu ammiri e rispetti Phoebe e stravedevi per Chips. Ma, se soltanto Chips fosse riuscito a ottenere il divorzio, loro due si sarebbero sposati anni fa, sai. Purtroppo Chips non ci è riuscito e così sono giunti a un compromesso, si sono accontentati di poter vivere insieme.»

«Non ho niente in contrario al matrimonio. Ma trovo che sia una pazzia sposare la persona sbagliata.»

«Immagino che tu questo errore non l'abbia mai fatto.»

«Per la verità no. Ho fatto quasi tutti gli altri sbagli possibili, ma l'errore di sposarmi non l'ho fatto.» Per un attimo sembrò pensare alla sua situazione. «Se è per questo, non ci ho mai nemmeno pensato.»

Mi sorrise, e io ricambiai il suo sorriso, perché, per qualche strano motivo, il semplice fatto che lui non si fosse mai sposato mi colmava di felicità. Ma al tempo stesso la cosa non mi stupiva, c'era qualcosa di zingaresco in Daniel, ti dava un'idea di libertà. Scoprii improvvisamente che questo glielo invidiavo.

«Vorrei che avessimo il tempo di fare tutto nella vita.»

«Il tempo tu ce l'hai.»

«Lo so, ma mi sembra già di essermi incanalata, in un certo senso. Non che mi dispiaccia: il mio lavoro mi piace e faccio esattamente quello che voglio; mi piace Marcus Bernstein e non cambierei il mio lavoro con nessun altro al mondo. Ma certe volte, certe mattine, vado a lavorare in macchina e penso: "Ho ventitré anni e che cosa sto facendo della mia vita?". Poi penso a tutti i posti che vorrei vedere: il Kashmir e le Bahamas e la Grecia e Palmyra. E poi San Francisco, e Pechino e il Giappone. Mi piacerebbe essere stata in alcuni dei luoghi in cui sei stato tu.»

«Vacci, allora. Vacci adesso.»

«A sentir te è semplicissimo.»

«Può esserlo. Che le cose siano facili o meno, dipende tutto da te.»

«Forse è proprio quel tipo di coraggio che mi manca. Ma, nonostante tutto, mi piacerebbe aver fatto alcune delle cose che hai fatto tu.»

Si mise a ridere. «Non è proprio il caso di desiderarlo, questo. Certe cose sono state un inferno.»

«Non puoi certo chiamare inferno quello che stai vivendo adesso, mi sembra che tutto ti vada bene.»
«L'incertezza è sempre un inferno.»
«Di che incertezza stai parlando?»
«Non so che cosa farò poi.»
«Non dovrebbe essere qualcosa di terribile.»
«Ho trentun anni. Entro i prossimi dodici mesi devo prendere una decisione, in un senso o nell'altro. Ho paura di andare alla deriva. Non ho voglia di lasciarmi trascinare dalla corrente per tutto il resto della mia vita.»
«E che cosa vuoi fare?»
«Voglio...» Appoggiò le spalle al granito bitorzoluto del muro della diga e rivolse la faccia al sole, chiudendo gli occhi. Sembrava uno che non desiderasse altro che l'oblio del sonno. «Quando sarà finalmente finita questa mostra da Peter Chastal, voglio andare in Grecia. C'è un'isola che si chiama Spetsai e su Spetsai, c'è una casa, bianca e quadrata come una zolletta di zucchero. E poi ha un terrazzo con il pavimento di mattonelle di terracotta e vasi di gerani tutt'intorno sul parapetto. E giù sotto la terrazza c'è una barca ormeggiata, una barca dalla vela bianca come l'ala di un gabbiano. Non molto grande, ma per due persone va proprio bene.» Aspettai che continuasse. Riaprì gli occhi e concluse: «Credo che andrò là».
«Fallo.»
«Verresti anche tu?» Allungò la mano verso di me. «Non verresti a trovarmi laggiù? Mi hai appena detto che hai voglia di andare in Grecia. Perché non vieni? Ti farei vedere alcune delle cose più belle che il paese offre.»
Ero turbata. Misi la mano nella sua e sentii le sue dita chiudersi sul mio polso. Com'era diverso, spaventosamente diverso questo dall'invito imbarazzato che Nigel mi aveva fatto di andare a trovare sua madre nell'Inverness-shire. Erano due mondi differenti. E *il senso di insicurezza che ti dava il vedere due mondi diversi che si sfiorano*: non c'è niente di meglio al mondo per metterti in crisi... Mi chiesi se non fossi sul punto di scoppiare in pianto.
«Un giorno,» gli risposi nel tono suadente di una madre

alle prese con un bambino troppo ostinato «un giorno, forse, se potrò venire.»

Il cielo si rannuvolò e l'aria si fece più fredda. Era ora di muoversi. Raccogliemmo i resti del picnic e le cartacce e cercammo un cestino dei rifiuti in cui buttare il tutto. Ne trovammo uno accanto a un lampione, poi ci dirigemmo a piedi dove avevo lasciato la macchina di Phoebe. Nell'aria c'era odore di pioggia e il mare, ormai mosso, era diventanto plumbeo.

Rosso di mattina, maltempo si avvicina. Salimmo in macchina, per tornare a Penmarron. L'impianto di riscaldamento non funzionava e io avevo freddo; sapevo che ci sarebbe stato un bel fuoco acceso a Holly Cottage, ma non era a questo che pensavo. Avevo la testa piena di immagini della Grecia, della casa sull'acqua e della barca con la vela simile all'ala di un gabbiano. Immaginavo di nuotare in quel buio mare dell'Egeo, dall'acqua calda e trasparente come il cristallo...

Un ricordo affiorò in superficie.

«Daniel.»

«Che cosa c'è?»

«La notte in cui sono arrivata da Londra ho fatto un sogno. Ho sognato di nuotare: ero su un'isola deserta e dovevo camminare nell'acqua bassa per un lungo tratto. E improvvisamente l'acqua è diventata profonda, ma così limpida che riuscivo benissimo a vedere il fondo. E, appena ho cominciato a nuotare, ho sentito una corrente, molto forte e rapida. Era come venire trascinata da un fiume.»

E di nuovo ricordai la sensazione di pace, di felice accettazione.

«E poi che cos'è successo?»

«Niente, ma è stato bello.»

«Mi sembra un bellissimo sogno. Che cosa te l'ha ricordato?»

«Pensavo alla Grecia, a me che nuotavo nel mare, color vino scuro, di Omero.»

«Tutti i sogni vogliono dire qualcosa.»

«Lo so.»

«E secondo te che cosa voleva dire il tuo?»

«Pensavo che forse riguardava la morte.»

Ma questo lo pensavo prima che Daniel entrasse nella mia vita. Adesso ne sapevo di più e avevo capito che non era la morte il tema del mio sogno, ma l'amore.

Quando fummo di ritorno a Holly Cottage, non c'era traccia di Phoebe: nel soggiorno il fuoco era acceso nel camino, ma la stanza era deserta e, quando chiamai dalla scala pensando che forse Phoebe aveva deciso di passare a letto tutta la giornata, non ci fu nessuna risposta dal piano di sopra.

In cucina però ci doveva essere qualcuno, a giudicare dall'acciottolìo di stoviglie e dal rumore di cassetti aperti e poi richiusi; così andai a vedere, sempre con Daniel alle calcagna: quando aprii la porta, però, vidi soltanto Lily Tonkins, impegnata a sbattere della pastella in una ciotola.

«Siete tornati, dunque» mi disse. Non sembrava molto entusiasta di vederci e mi chiesi se non fosse in uno dei suoi momenti di luna storta. Quando le capitava di avere quei momenti se la prendeva non tanto con noi in particolare, quanto con l'universo in generale, il che comprendeva quello scontroso di suo marito, quella sfacciata di ragazza che lavorava dal droghiere e quel tizio del municipio che si occupava della sua pensione.

«Dov'è Phoebe?» chiesi.

Lily non alzò gli occhi da quello che stava facendo. «Giù al mare.»

«Speravo che sarebbe rimasta a letto oggi.»

«A letto?» Lily appoggiò rumorosamente la ciotola e mi fronteggiò a braccia conserte. «Come diavolo sarebbe riuscita a starsene a letto? Abbiamo avuto qui la piccola Charlotte tutto il giorno, fin dalle dieci di stamattina. Avevo appena portato una bella tazza di tè alla signorina Shackleton che ho sentito suonare il campanello. Maledetti scocciatori, mi sono detta, poi sono andata ad aprire, ed eccola là. E da quel momento non se n'è più andata.»

«Dov'è la signora Tolliver?»

«A Falmouth, è andata a una delle sue riunioni: "La protezione del fanciullo", o "A sostegno della Chiesa", o roba del genere. Mi sembra così strano, se volete il mio parere. Capisco che a qualcuno non piace stare dietro ai bambini: c'è gente a cui piace, e gente a cui non piace. Ma quella ragazzina è sua nipote, dopo tutto. Non è giusto che se ne stia sempre in giro a giocare a carte e a interessarsi della protezione di questo o di quello. Qualcuno deve pur badare a quella bambina.»

«Dov'è la signora Curnow?»

«Betty Curnow è lassù a White Lodge, d'accordo, ma ha le sue cose da fare. Se la signora Tolliver non vuol prendersi la briga di badare alla bambina, allora dovrebbe trovare qualcun altro a pagamento per farlo al posto suo.»

«E cos'è successo, in conclusione?»

«Be', l'ho fatta entrare, povera piccola, e le ho detto che la signorina Shackleton era ancora a letto e voi eravate fuori. Così è salita dalla signorina Shackleton e le ho sentite chiacchierare. Parlava,parlava... Se tu sentissi come chiacchiera quella bambina quando viene qui, giureresti che non ha mai avuto un'anima con cui parlare. Poi è venuta giù da basso, la piccola, e mi ha detto che la signorina Shackleton stava vestendosi. E io mi sono proprio arrabbiata, perché sapevo che aveva bisogno di riposo. Così sono andata io di sopra a darle una mano con i vestiti, e poi lei è scesa e ha subito telefonato a Betty Curnow per dirle che tenevamo qui Charlotte a pranzo. Per fortuna c'era dell'agnello freddo, così ho pelato due o tre patate e ho preparato un budino. Però non trovo giusto che scarichino quella bambina alla signorina Shackleton, con quel suo braccio fuori uso e tutto il resto.»

Non avevo mai visto Lily così loquace o arrabbiata. Era preoccupata per Phoebe, e non aveva tutti i torti. Ma era anche una persona di buon cuore. Quelli della Cornovaglia in genere amano i bambini e Lily non faceva eccezione. Aveva deciso che non si occupavano abbastanza di Charlotte ed era proprio indignata.

«Mi spiace,» dissi «avrei dovuto essere qui ad aiutarti.»

Daniel, che era rimasto ad ascoltare in silenzio, intervenne quando ebbi finito di parlare. «Dove sono adesso?»

«Giù al mare a fare i loro disegni. Come al solito, quando sono insieme. Come un paio di vecchiette.» Lasciò il tavolo e andò all'acquaio per guardare fuori dalla finestra. Daniel e io la seguimmo. Ecco l'estuario a secco, la spiaggia deserta. Ma giù in fondo alla diga si scorgevano due figurine in lontananza: Phoebe, inconfondibile con il suo cappello, e accanto a lei la bambina, con una giacca a vento rossa. Avevano portato giù degli sgabelli da campeggio ed erano sedute fianco a fianco, vicinissime. C'era qualcosa di commovente in quella coppia: dimentiche del resto del mondo, sembravano essere state abbandonate là da qualche inimmaginabile naufragio e dimenticate da tutti.

In quel momento si sentirono nettamente le prime gocce di pioggia picchiettare contro i vetri della finestra, e Lily esclamò:

«Lo dicevo io!» nel tono di una che avesse già intuito, grazie alla sua capacità di previsione metereologica, l'arrivo di questo fenomeno atmosferico. «Ecco che è arrivato questo accidente di pioggia. E la signorina Shackleton neanche se ne accorgerà. Una volta partita con quei suoi disegni, non c'è più scampo. Hai voglia a sgolarti fino allo spasimo, non ti sentirà nemmeno se urli da morire. E dire che ha anche quel braccio ingessato, povera anima!»

Era ovviamente arrivato il momento di intervenire. «Andrò io a prenderle» dissi.

«No.» Daniel mi trattenne, posandomi una mano sul braccio. «Piove a dirotto, vado io.»

«Avrai bisogno di un impermeabile, Daniel» lo avvertì Lily, ma lui se ne andò armato di un ombrello che aveva trovato nell'ingresso. Lo osservai attraversare il prato, con l'ombrello alto sulla testa, sparire dal cancello della siepe di escallonia. Poco dopo riapparve e lo vidi procedere lungo il muraglione della diga verso le due ignare artiste.

Lily e io ci allontanammo dalla finestra. «Che cosa posso fare per darti una mano?» le domandai.

«Potreste preparare la tavola per il tè.»

«Prendiamolo tutti qui, si sta così bene al calduccio.» «Sto facendo delle frittelle» disse lei, prendendo la sua ciotola e ricominciando a sbattere la pastella. Notai con mio grande piacere che, adesso che si era sfogata, aveva l'aria più allegra.

«Domani farò io qualcosa con Charlotte» le dissi. «Magari

la porterò in macchina da qualche parte. Devo dire che l'avevo sulla coscienza da quando sono arrivata, ma poi il tempo è volato e non ce l'ho fatta a programmare qualcosa.»

«Non ce l'ho con lei, è una bambina simpatica.»

«Sì, lo so, ma in un certo senso questo ti fa sentire ancora più in colpa.»

La tavola era apparecchiata, le frittelle erano pronte, l'acqua per il tè stava bollendo, ma gli altri non erano ancora arrivati.

«Quel Daniel!» esclamò Lily. «Non è meglio delle altre due. Scommetto che si è dimenticato del motivo per cui è andato là e adesso si è messo a dipingere anche lui insieme a loro.»

«Sarà bene che vada là io, adesso.» Trovai un vecchio impermeabile di Phoebe e un enorme cappello da pescatore di tela cerata, che un tempo era appartenuto a Chips, e uscii dalla porta del giardino. Adesso pioveva molto forte e tutto era bagnato, ma, mentre attraversavo il prato, Daniel e Phoebe apparvero al cancello: Daniel portava sotto un braccio gli sgabelli pieghevoli da campeggio e con l'altro braccio teneva alto l'ombrello sopra la testa di Phoebe. Phoebe era vestita come per una scampagnata (fatta eccezione per il cappello, naturalmente), ma il suo golf, abbottonato alla meglio sopra l'ingombrante ingessatura, era bagnato fradicio, e le scarpe e le calze spesse erano tutte sporche di fango. Nella mano sana portava la borsa con l'attrezzatura per dipingere, un aggeggio di tela che mi era molto familiare. Quando Daniel le aprì la porta, alzò gli occhi e mi vide.

«Ciao! eccoci qui, zuppi come topi affogati!»

«Lily e io ci stavamo chiedendo che cosa fosse successo a tutti voi.»

«Charlotte ha voluto finire il suo disegno.»

«Dov'è ora?»

«Oh, adesso arriva» rispose tranquilla Phoebe.

Guardai giù dalla collina e vidi Charlotte: mi voltava la schiena ed era tutta intenta a scrutare dentro a un cespuglio di rovi sgocciolante. Era ancora ai piedi della collina.

«Sarà il caso di andare a prenderla» dissi rassegnata, e

mi avviai per il pendio bagnato e sdrucciolevole. «Charlotte, vieni!»

La bambina si voltò e mi vide. Aveva gli occhiali appannati e i capelli incollati sulla testa.

«Che cosa stai facendo?»

«Cerco delle more, pensavo che potrebbero essercene ancora.»

«Non è il momento di metterti a cercare more, è ora di andare a casa a prendere il tè. Lily ha fatto le frittelle.»

«D'accordo» disse, muovendosi con riluttanza. Nemmeno l'idea delle frittelle riuscì a suscitare un po' di entusiasmo in Charlotte. Pensai che doveva essere facile arrabbiarsi con lei, ma allo stesso tempo la capivo: cercava di rimandare il più possibile la fine di un pomeriggio delizioso trascorso così piacevolmente in compagnia di Phoebe. Mi ricordai di quando avevo io stessa l'età di Charlotte e tornavo a casa a malincuore, strascicando i piedi, dopo avere passato la giornata con Phoebe sulla spiaggia o a raccogliere primule, oppure sul trenino che portava a Porthkerris. Mi costava sempre un certo sforzo dover ritornare alla normale vita di tutti i giorni, con la sua noiosa routine di pasti regolari e tutto il resto.

Allungai il braccio verso di lei. «Vuoi che ti tiri su per la collina?»

Tirò fuori la mano dalla tasca della giacca a vento e quando la strinsi la sentii magra, piccola, bagnata e fredda nella mia. «Quello che ti ci vuole adesso è una bella strofinata con un asciugamano e qualcosa di caldo da bere» le dissi, prima che ci avviassimo su per la salita. «Hai passato un bel pomeriggio insieme a Phoebe?»

«Sì, abbiamo disegnato.»

«Scommetto che non vi siete nemmeno accorte che pioveva.»

«Proprio no. Il foglio del mio album stava cominciando a bagnarsi un po', ma poi è venuto quel signore e ci ha tenuto sopra l'ombrello, e così sono riuscita a finire il disegno.»

«Si chiama Daniel.»

«Sì, lo so, Phoebe mi ha parlato di lui. Abitava con lei e con Chips.»

«Adesso è un artista famoso.»

«So anche questo. Mi ha detto che il mio disegno era molto buono.»

«Che cosa hai fatto?»

«Ho cercato di disegnare dei gabbiani, ma continuavano a volare via, così me li sono inventati.»

«È stata una soluzione ingegnosa, sei una bambina piena di risorse.»

«Mi ha detto che era molto buono.»

«Spero che tu non l'abbia lasciato laggiù.»

«No, l'ha messo nella borsa Phoebe.»

Ormai senza fiato, continuammo faticosamente a salire. Arrivammo finalmente al cancello e, mentre Charlotte passava, le dissi: «Mi domandavo come te la passavi... ti avrei telefonato o ti avrei invitata per il tè, ma sono stata così...» e qui mi interruppi, cercando la parola giusta. Certo, «occupata» non pareva la parola giusta.

«Non è che mi diverta molto» disse Charlotte con l'onestà intransigente dei bambini.

Io cercai di assumere un'espressione allegra. «Be', forse potremmo fare qualcosa insieme domani.» Mi chiusi il cancello alle spalle. «Magari prendere la macchina, se a Phoebe non serve, e andare da qualche parte.» Charlotte ci pensò su e poi chiese: «Credi che a Daniel farebbe piacere venire con noi?».

Non appena fummo entrati in cucina, Lily, divisa tra l'irritazione e il sollievo, si buttò su Charlotte, aprendole la cerniera della giacca fradicia, poi si inginocchiò a combattere con le fibbie dei sandaletti.

«Non so come faccia certa gente a essere così sciocca. Non ho mai visto anima viva bagnata fradicia come la signorina Shackleton. Le ho detto di andare su a cambiarsi tutta, e lei si è messa a ridere e mi ha risposto che non aveva importanza. Avrà una bella importanza quando si beccherà una polmonite! Ma non vi siete accorte che pioveva?»

«No» rispose Charlotte.

Lily tirò fuori uno strofinaccio asciutto, prese gli occhiali di Charlotte e li asciugò con cura, poi glieli rimise delicatamente sul nasino. Sempre usando lo stesso strofinaccio, si mise quindi all'opera sui capelli della bambina, massaggiandoglieli vigorosamente, come se stesse asciugando un cucciolo bagnato, senza smettere nel frattempo di brontolare. La lasciai intenta a questo compito e andai a togliermi l'impermeabile e il cappellone di tela cerata, che poi stesi sul calorifero dell'ingresso ad asciugare.

La porta che dava sul soggiorno era aperta. C'era un bel fuoco acceso nel camino e le fiamme si rispecchiavano sul parafuoco e su tutti i piccoli soprammobili sparsi per la stanza, una brocca di rame, una cornice d'argento, una ciotola di ceramica. Davanti al fuoco, il gomito posato sulla mensola e un piede sul parafuoco, stava Daniel. Aveva in mano un foglio che sembrava studiare con molta attenzione, e lo specchio appeso sopra il camino rifletteva soltanto il suo profilo, dallo sguardo abbassato.

Io entrai nella stanza e lui alzò gli occhi.

«Ho portato su Charlotte. È con Lily, la sta asciugando. Si era fermata a cercare more.» Mi avvicinai a lui, tendendo le mani verso il camino per riscaldarle. «Che cosa stai guardando?»

«Il disegno che ha fatto. È molto brava.» Me lo porse e poi si scostò dal camino per sprofondare, semisdraiato, tra le accoglienti braccia della vecchia poltrona di Chips. Aveva l'aria stanca, il mento affondato nel petto, le lunghe gambe distese davanti a sé. Guardai il disegno di Charlotte e capii subito che cosa intendeva dire Daniel. Era infantile, ma molto fantasioso, e disegnato con tratto deciso. Aveva usato dei pennarelli e i colori vivaci mi ricordarono i piccoli oli luminosi che faceva Phoebe. Vidi la barchetta rossa che scivolava veloce su un mare cobalto, la vela curva e gonfiata dal vento. Al timone c'era una figurina con in testa un berretto da marinaio, e a prua sedeva un grosso gatto baffuto.

Sorrisi. «Mi piace il gatto.»

«A me piace il tutto.»

«È un disegno molto allegro, e questo è strano, perché non credo che sia una bambina particolarmente allegra.»

«Sì, lo so» osservò Daniel. «È rassicurante.»

Misi il disegno sul ripiano del caminetto, appoggiato alla

pendola di Phoebe. «Le ho detto che domani l'avremmo portata a fare un giro, non si diverte molto qui dalla nonna. Pensavo che avremmo potuto andare da qualche parte in macchina.»

«Sarebbe gentile da parte tua.»

«Mi è parso che avrebbe trovato la cosa più divertente se fossi venuto anche tu.»

«Davvero?» esclamò Daniel. Non sembrava entusiasta di questa prospettiva. Mi chiesi se non fosse già stufo di compagnia femminile, o se forse l'idea di trascorrere una giornata con Charlotte e me non lo attirasse molto, e mi pentii di averne parlato. «Forse però hai di meglio da fare.»

«Sì» rispose, e poi: «Vedremo». Vedremo. Erano proprio le parole che mi irritavano tanto quando ero bambina, allorché gli adulti non potevano, o più probabilmente non volevano, sbilanciarsi.

Quella giostra, Chips l'aveva fatta per me. Era proprio mia. Quando me l'aveva data, mi aveva detto di portarmela pure a Londra, se volevo, ma io avevo deciso di non farlo: la giostra era parte di Holly Cottage e io ero talmente conservatrice che avevo preferito lasciarla qui.

Così era ancora là al suo solito posto, nella metà inferiore dell'enorme mobile bombato francese in fondo al soggiorno di Phoebe. Quella sera, una volta sgombrata la tavola e lavate tutte le cose del tè, Charlotte andò a toglierla di là e, con molta attenzione, la trasportò fino al tavolo.

Chips l'aveva ricavata da un antiquato grammofono a cui aveva tolto il coperchio e il braccio con la puntina; aveva poi tagliato un disco di compensato della misura di un disco vero e gli aveva fatto un buco in mezzo, per inserirlo nel perno centrale del grammofono. Gli animali erano fissati lungo il perimetro del disco, che era dipinto di rosso vivo. Anche questi ultimi erano fatti di compensato, tagliati con il seghetto di Chips: c'erano una tigre, un elefante, una zebra, un pony, un leone e un cane, ciascuno dipinto a strisce o a macchie, a seconda del caso, e ciascuno con tanto di sella a colori vivaci: non mancavano nemmeno un minuscolo morso e le redini fatte con un filo dorato.

Era un giocattolo versatile: a volte, insieme a pezzi di costruzioni, a elementi della fattoria e a quei pochi animali di legno superstiti di un'Arca di Noè ormai defunta, diventava parte di un luna-park o di un circo. Ma per lo più ci giocavo così com'era, girando la manovella per mettere in moto il meccanismo e poi alzando la levetta che faceva girare il piatto. C'era anche un'altra levetta che serviva a regolare la velocità: potevi partire a velocità molto bassa (per dare alla gente il tempo di salirci, diceva Chips) e poi accelerare, finché gli animali giravano così in fretta che quasi non li vedevi più.

Ed era appunto questo che stava facendo Charlotte in quel momento. Ti pareva di vedere una trottola. Alla fine il meccanismo esaurì la carica e piano piano la giostra si fermò.

A questo punto la bambina si accoccolò sui calcagni e fece girare il piatto con la mano, guardando con attenzione ogni animale man mano che le passava davanti.

«Non so proprio *quale* mi piace di più.»

«A me è sempre piaciuta la tigre, in particolare,» le dissi «ha un'espressione così feroce.» «Sì, è vero, assomiglia un po' alle tigri di quella storia del negretto Sambo, che a forza di girare intorno all'albero sono diventate di burro.»

«Forse per fare le nostre frittelle Lily ha usato del burro di tigre,» intervenne Phoebe «proprio come la mamma di Sambo.»

«Perché facevano quei vecchi grammofoni in modo che girassero forte e piano? A casa mia c'è lo stereo di mio padre che ha tutti i tasti di questo mondo, ma non credo che abbia un interruttore per farlo andare forte o piano.»

«Potevi divertirtici un sacco» le spiegò Phoebe. «Magari ci mettevi un disco normale a bassa velocità e veniva fuori una voce cavernosa, come stesse cantando un enorme basso russo. E poi lo facevi andare in fretta e diventava alta e pigolante, come lo squittio di un topo.»

«Ma *perché*? Come mai succedeva così?»

«Non ne ho la più pallida idea!» le rispose Phoebe, come esclamava sempre quando le facevano una domanda a cui non sapeva rispondere.

Charlotte si rivolse a me: «E tu lo sai?».

«No.»

«E tu?» chiese allora, rivolgendosi a Daniel.

Daniel, seduto in silenzio nella poltrona di Chips e pur apparentemente intento a guardare la giostra insieme a tutti noi, sembrava stranamente lontano e assorto nei suoi pensieri: per tutto quel tempo non aveva detto una parola, anzi, per la verità non aveva quasi parlato nemmeno per tutta la durata del tè. Adesso lo guardavamo tutti in attesa di una risposta, ma lui non si era nemmeno accorto che Charlotte gli aveva rivolto la parola e la bambina fu costretta a ripetere la sua domanda: «E tu, Daniel?».

«E io cosa?»

«Lo sai perché la musica diventa tutta stridula quando va veloce e bassa, e cavernosa quando va lenta?»

Daniel rifletté un attimo sul problema e poi azzardò l'ipotesi che c'entrasse in qualche modo la forza centrifuga.

«E che cosa sarebbe?» chiese Charlotte arricciando il naso.

«È quella cosa che fa funzionare la tua centrifuga per i panni.»

«Ma se non ce l'ho neanche una centrifuga per i panni!»

«Be', quando sarai grande probabilmente ne avrai una tutta per te e allora imparerai che cos'è la forza centrifuga.»

Charlotte ricominciò a far girare la manovella. La pendola sulla mensola del camino suonò le cinque.

«Forse è ora che tu vada a casa, Charlotte» disse gentilmente Phoebe.

«Oh, devo proprio?»

«No, non è che devi, ma io ho promesso che saresti stata a casa verso le cinque.»

Charlotte alzò gli occhi, con tutta l'aria di voler scoppiare in lacrime. «Non voglio andare, e poi non posso tornare a piedi perché piove.»

«Ti accompagnerà Prue con la mia macchina.»

«Uaa...»

Spaventata all'idea che si mettesse a piangere, intervenni in fretta: «E non dimenticarti che abbiamo un appuntamento domani. Facciamo un giro in macchina. Vuoi che ti venga a prendere?».

«No, detesto che mi vengano a prendere perché trovo odioso aspettare. Ho sempre paura che poi la gente non venga. Verrò io, verrò a piedi come ho fatto stamattina. A che ora devo essere qui?»

«Oh, che ne dici delle dieci e mezza?»

«Va bene.»

Daniel si alzò. «E tu dove vai?» gli chiese Phoebe.

«Devo andare anch'io» le rispose.

«Ma pensavo che ti saresti fermato a cena con me e Prue. Lily ha fatto il pollo in tegame...»

«No, devo proprio tornare in albergo. Devo fare una telefonata: avevo promesso a Peter Chastal che mi sarei messo in contatto con Lewis Falcon, e non l'ho ancora fatto...»

«Oh, capisco» rispose Phoebe, che rispettava le decisioni altrui e non cercava mai di convincere nessuno a cambiare idea. «Allora forse è meglio che tu vada via con Prue, e lei ti riporterà a Porthkerris dopo aver riaccompagnato Charlotte.»

Daniel mi guardò: «Non ti dispiace?».

«Certo che no.»

Ma in verità mi dispiaceva molto, perché avrei voluto che lui cenasse insieme a Phoebe e a me.

«Arrivederci, Phoebe.» Andò a darle un bacio e lei gli diede un colpetto affettuoso sul braccio. Lo lasciava andare, senza far domande.

"Devo imparare da Phoebe" dissi a me stessa mentre andavo a prendere la giacca. "Se non voglio perdere la sua amicizia, è così che devo fare."

In macchina si sedette davanti, mentre Charlotte si appollaiava sul sedile posteriore, tutta protesa in avanti, la faccina pallida come una macchia sfocata in mezzo a noi due.

«Dove andiamo domani?» volle sapere.

«Non lo so, non ci ho ancora pensato. Dov'è un bel posto, secondo te?»

«Potremmo andare su a Skadden Hill, là forse si possono trovare ancora delle more. E poi in cima alla collina ci sono moltissime rocce e su una di esse c'è l'orma di un gigante. Dico sul serio! È un'impronta enorme, ed è vera.»

«Potreste andare a Penjizal» suggerì Daniel.

«Che cosa succede a Penjizal?» chiesi.
«C'è un sentiero sugli scogli, e quando c'è bassa marea, si forma una grande pozza profonda e vengono le foche a nuotarci.»
«Oh, andiamoci, non ho mai visto le foche, almeno non da vicino.»
«Non so nemmeno dove sia Penjizal.»
«Ci accompagni tu là, Daniel?» Charlotte picchiò il pugno sulla spalla di Daniel per avere tutta la sua attenzione. «Vieni con noi? Ti prego, vieni con noi!»
Daniel non rispose subito a quell'accorato invito. Sapevo che si aspettava che fossi io a venirgli in soccorso, magari trovandogli qualche scusa, ma rimasi ostinatamente in silenzio. Dal ventaglio di visibilità creata dai tergicristallo intravedevo la strada davanti a noi, allagata da un misto di acqua e fango, e le querce sferzate dalla pioggia battente che si stagliavano nere contro il cielo.
«Per favore» insisté Charlotte.
«Potrei anche» ammise lui.
Ma Charlotte non gli diede tregua. «Sì o no allora?»
«Be', d'accordo...» e voltò la testa a sorriderle. «Sì.»
«Oh, benissimo.» E batté addirittura la mani. «Che cosa occorre portare, Prue? Devo portare gli stivali di gomma?»
«Direi che faresti bene a portarli, e magari anche un bell'impermeabile in caso di pioggia.»
«Ma noi faremo un picnic, vero, anche se piove?»
«Sì, faremo un picnic. Troveremo un posto in cui mangiare. Che cosa vuoi, dei panini al prosciutto?»
«Sì, e anche una coca.»
«Non credo che ne abbiamo.»
«Deve averne la nonna. E, se non ce l'ha, l'andremo a comprare, la vendono nel negozio del villaggio.»
Eravamo ormai arrivati al cancello di White Lodge. Entrai e percorsi il vialetto d'accesso. Come l'altra volta, la casa ci aspettava da dietro una cortina di pioggia, rivolgendoci una facciata chiusa e inespressiva, impenetrabile. Accostammo ai piedi dei gradini e Daniel uscì dalla macchina per permettere a Charlotte di scendere dal sedile posteriore. Per un atti-

mo rimase fermo a guardarla: teneva in mano il suo disegno, che Phoebe aveva preso dalla mensola del caminetto mentre stavamo andando via.

«Non dimenticarti di questo» le aveva raccomandato, aggiungendo speranzosa: «Forse ti farebbe piacere regalarlo alla nonna».

Ma adesso Charlotte lo tese a Daniel. «Ti farebbe piacere averlo?» gli chiese timidamente.

«Mi piacerebbe molto, ma non è per tua nonna?»

«No, non penso che lo vorrebbe.»

«In tal caso lo prendo volentieri. Grazie, lo terrò con grande cura.»

«Ci vediamo domani, allora, arrivederci. Ciao, Prue, e grazie di avermi accompagnato a casa.»

La osservammo salire sui gradini fino alla porta d'entrata. Mentre Daniel risaliva in macchina, la porta si aprì. Ferma in piedi, in mezzo allo spiraglio di luce gialla che brillava nel buio, vedemmo la signora Tolliver. Ci fece un cenno di saluto, forse per ringraziare, forse per salutare, e poi tirò dentro Charlotte.

V

Ripartimmo in direzione di Porthkerris: era un tratto molto corto, ma quella sera io e Daniel rimanemmo in assoluto silenzio per tutta la durata del viaggio. Talvolta può essere piacevole il silenzio tra due persone, in certi casi è addirittura più eloquente delle parole; in altre occasioni, invece, è qualcosa di forzato e carico di tensione: ecco, questo era appunto uno di quei momenti. Avrei voluto iniziare una conversazione su cose senza importanza, per poter infrangere questo imbarazzante silenzio, ma non riuscivo a trovare niente da dire davanti alla totale mancanza di collaborazione di quell'estraneo alto e muto seduto accanto a me, la mano posata sul ginocchio (sempre con il regalo di Charlotte stretto in pugno) e la testa girata dall'altra parte a fissare i campi grigioverdi inzuppati, i muri di pietra, la pioggia.

Finalmente raggiungemmo l'hotel e, superato il viale d'accesso, arrivammo dove erano parcheggiate le solite macchine di lusso. In quella deprimente serata persino l'opulento Castle Hotel aveva l'aria abbandonata; con le sue rare finestre illuminate riflesse in un mare di pozzanghere, sembrava un transatlantico in procinto di affondare.

Spensi il motore e aspettai che Daniel scendesse dalla macchina. Adesso si sentiva soltanto il picchiettio della pioggia sul tetto e il vento che soffiava dal mare ai nostri piedi. Mentre stavo in ascolto, sentii anche lo scroscio dei marosi che si riversavano sulla spiaggia. Daniel voltò la testa verso di me e mi guardò. «Vieni dentro?»

Non capivo perché mai si prendesse la briga di farmi questo invito. «No, devi metterti in contatto con Lewis Falcon e io dovrei tornare da Phoebe.»

«Ti prego, voglio parlarti» insistette in tono incalzante.

«A che proposito?»

«Possiamo bere qualcosa.»

«Daniel...»

«Ti prego, Prue.»

Spensi i fari e scendemmo dalla macchina. Ancora una volta la porta girevole ci catapultò in quell'ambiente accogliente, profumato, e surriscaldato. Oggi, forse a causa del tempo inclemente, c'erano più persone in giro. Se ne stavano là, raggruppate intorno ai tavoli da tè, o a leggere i loro giornali o a chiacchierare mentre lavoravano a maglia. L'aria era impregnata di noia. Daniel si diresse al bar, ma era troppo presto e non avevano ancora aperto, così si fermò davanti alla porta chiusa e imprecò a voce così alta che alcuni sguardi si voltarono a fissarci. Mi sentii a disagio: sapevo che avevamo l'aria fuori posto, così conciati: Daniel con i suoi jeans logori e il maglione scuro di lana ispida e io, con il mio vecchio montgomery blu, che aveva visto giorni migliori, e i capelli arruffati dal vento.

Non desideravo altro che andarmene. «Tanto non ho voglia di bere niente.»

«Io sì, invece, vieni su, andiamo in camera mia.»

E, senza aspettare che accettassi o meno la sua proposta, si avviò su per l'ampio scalone, facendo i gradini a tre a tre con le sue lunghe gambe. Non avevo altra scelta che seguirlo, pur consapevole dell'interesse che avevamo suscitato. Sapevo bene che avrebbero sospettato il peggio di noi due, ma ero talmente preoccupata per il comportamento di Daniel, e così in ansia per me stessa, che non me ne importava niente in ogni caso.

La sua stanza era al primo piano, in fondo a un corridoio lungo e ampio. Tirò fuori la chiave dalla tasca ed entrò, accendendo la luce. Io lo seguii e vidi che gli avevano dato una delle stanze migliori dell'albergo, che si affacciava sul piccolo campo da golf a nove buche il cui percorso scendeva in lieve declivio verso un boschetto: l'albergo dominava la collina, tanto che la linea dell'orizzonte sul mare si stendeva al di sopra delle cime degli alberi più alti. Quella sera, però, l'orizzonte non era visibile, e dalla finestra spalancata entravano raffiche di vento che facevano svolazzare le lunghe tende come vele malamente fissate all'albero.

Daniel chiuse la porta e andò a chiudere la finestra. Le tende cessarono la loro frenetica danza. Mi guardai intorno: era una stanza grande e confortevole con dei tocchi inaspettati che ti davano l'illusione di trovarti nella camera da letto di una amata casa di campagna, piuttosto che nell'impersonale camera di un albergo. C'era un caminetto sovrastato da un grazioso specchio dalla cornice di vetro rosato. Davanti al camino c'erano delle poltrone coperte di cinz, e lo stesso cinz orlava il volante che decorava il tavolino da toilette. Accanto alla televisione, appoggiata su un tavolino basso, c'era un piccolo frigorifero. C'erano persino dei fiori sulla mensola del camino e, accanto all'ampio letto matrimoniale, c'era un cestino rotondo pieno di frutta.

Quando ebbe chiuso la porta, Daniel andò ad accendere il riscaldamento e subito i finti ciocchi di legna nel camino si illuminarono. Aveva ancora in mano il disegno di Charlotte e adesso lo appoggiò con cura al centro della mensola. Vedevo la sua faccia silenziosa riflessa nello specchio.

Mentre lo osservavo aspettavi che dicesse qualcosa.

«È mia figlia» disse alla fine.

Dietro Daniel riflesso nello specchio vedevo me stessa, la mia faccia come una macchia pallida, le mie mani sprofondate nelle tasche del giaccone: un difetto del vetro deformava l'immagine, tanto da darmi un'aria irreale, quasi fossi il fantasma di un'annegata.

Improvvisamente scoprii che facevo fatica a parlare. «Charlotte» dissi, e la mia voce venne fuori in un bisbiglio.

«Sì, Charlotte.» Si voltò, finalmente, e i nostri sguardi si incrociarono.

«Ma che cosa te lo fa dire?»

«È mia figlia» ripeté.

«Oh, Daniel!»

«Vedi, parecchi anni fa ho avuto una storia con sua madre. Non ero innamorato di Annabelle e lei era sposata con un altro e aveva già un bambino. Ma, contro ogni logica, è successo. E Charlotte è il frutto di una lunga estate calda di pura follia da parte nostra.»

«Lo so» intervenni. «Voglio dire, so di te e di Annabelle Tolliver.»

«Te l'ha detto Phoebe.»

«Sì.»

«Era probabile che te lo dicesse, anzi, a dire la verità ne ero quasi sicuro.»

Ci guardammo per un attimo in silenzio. Come conigli spaventati, i miei pensieri scorrazzavano in tutte le direzioni, senza però arrivare da nessuna parte. Cercai di ricordare le parole che aveva usato Phoebe. "Credo che sia stata Annabelle a invaghirsi di Daniel. Daniel era un tipo molto riservato. Comunque è stato un episodio di importanza trascurabile."

«Ma credevo che... voglio dire... non pensavo...»

Fu lui a salvarmi mentre annaspavo in preda alla mia pudica reticenza.

«Sì, tu pensavi che ci limitassimo a fare delle brevi passeggiate all'aperto. E devo ammettere che speravo che anche Phoebe e Chips la pensassero in questo modo. Ma, vedi, non è stata una cosa così innocente.»

«Sei... sei sicuro che sia tua figlia?»

«L'ho capito il momento stesso in cui l'ho vista questo pomeriggio, là seduta sul suo sgabello in fondo alla diga. Mentre cercava di finire il suo disegno al freddo e alla pioggia. Credo che sia il caso che beviamo qualcosa tutti e due, Prue, sei bianca come un lenzuolo.»

Lo guardai andare ad aprire il frigorifero: tirò fuori i bicchieri, del ghiaccio, del selz e una bottiglia di whisky, poi posò il tutto su un mobiletto.

«Daniel, io non bevo whisky.»

«Non ho nient'altro.» E aprì la bottiglia.

«Non ti assomiglia nemmeno.»

«Se è per quello non assomiglia nemmeno a Annabelle. Ma ho una foto di mia madre quando aveva su per giù quell'età, nove o dieci anni, e Charlotte è il ritratto di mia madre.»

«Sapevi che Annabelle aspettava un figlio da te?»

«Be', lei sosteneva che il figlio che aspettava era mio.»

«E a quel tempo non le hai creduto?»

«No, visto come si erano messe le cose.»

«Non capisco.»

Daniel chiuse lo sportello del frigorifero e rimase là appoggiato, con un bicchiere in ciascuna mano. «Prue, togliti quel giaccone, ti dà un'aria provvisoria. E poi deve essere bagnato fradicio, non è il caso che tu ti becchi un raffreddore.»

Mi parve un'osservazione assolutamente irrilevante, ma gli obbedii, togliendomi il montgomery e appoggiandolo allo schienale di una sedia. Daniel tese verso di me il mio drink e io andai a prenderlo: il bicchiere era gelido.

«Non capisco, Daniel» ripetei.

«Non puoi capire, a meno che tu non sappia come è fatta Annabelle.» Aggrottò la fronte. «Non l'hai conosciuta quando stavi da Phoebe?»

«No, le nostre strade non si sono mai incrociate. Probabilmente perché lei veniva quaggiù in estate mentre io di solito ero nel Northumberland da mio padre.»

«Sì, potrebbe essere così.»

«Eri innamorato di lei?» Cercai di dirlo in tono indifferente, come se la cosa non avesse molta importanza.

«No, non ero innamorato di lei. A pensarci bene non mi piaceva nemmeno molto. Ma Annabelle era... straordinariamente affascinante, ed era questo di lei che ti faceva sembrare insignificanti tutte le altre emozioni. Io avevo vent'anni e lei ne aveva ventotto, e per di più era sposata e madre di un bambino. Ma niente di tutto ciò faceva la minima differenza.»

«Ma la gente non... non parlava? Sicuramente Phoebe e Chips...»

«Naturalmente erano al corrente della faccenda, ma immaginavano che si trattasse soltanto di un allegro flirt. E poi Annabelle era astuta. E correva la cavallina: c'erano sempre parecchi altri uomini in ballo.»

«Doveva essere molto bella.» Era difficile evitare che una nota d'invidia s'insinuasse nelle mie parole, ma nessuno mi aveva mai definita straordinariamente affascinante e sapevo che non mi sarebbe mai successo.

«No, non era bellissima. Ma era molto alta e snella e aveva un viso da gatto, un gatto siamese, con un bel nasino proporzionato, la bocca grande e un sorriso pieno di segreti. Enigmatica, ecco forse questo ti può dare un'idea. Aveva degli occhi eccezionali, degli enormi occhi a mandorla, di un grigio molto scuro.»

«Come l'hai conosciuta?»

«Phoebe e Chips mi avevano trascinato a quella festa. Non che avessi molta voglia di andarci, ma loro mi avevano convinto: sarebbe stato scortese rifiutare l'invito e inoltre, sostenevano, a forza di lavorare senza sosta sarei finito per diventare un tipo molto noioso. E là c'era Annabelle, la notai immediatamente, appena entrato nella stanza. Era in fondo alla sala, circondata dai mariti delle altre. Quando vidi quella faccia mi sentii formicolare le dita dalla voglia di disegnarla. Dovevo averla fissata a lungo, perché tutt'a un tratto alzò lo sguardo e mi guardò dritto negli occhi, come se, fin dal primo istante in cui avevo messo piede nella stanza, fosse stata conscia della mia presenza. E l'idea di farle il ritratto fu subito dimenticata.» Mi rivolse un patetico sorriso e scosse la testa. «Fu come quando giochi a rugby e ti prendi un violento calcio nella pancia.»

«È un'esperienza che non mi è ancora capitata.»

Speravo che il mio timido tentativo di fare dello spirito lo facesse sorridere, ma Daniel non parve nemmeno aver sentito, perché ora si era messo a camminare avanti e indietro per la stanza con il suo bicchiere in mano, come se gli fosse fisicamente impossibile parlare da fermo.

«La seconda volta che ci incontrammo fu sulla spiaggia. Io avevo una tavola da surf che un amico mi aveva portato da Sydney. Quel giorno soffiava un vento del nord e dal mare aperto arrivavano cavalloni enormi a centinaia sulla spiaggia. Feci surf finché non cambiò la marea e, quando rientrai, blu dal freddo perché non potevo permettermi una tuta impermeabile, vidi Annabelle seduta sulle dune a guardarmi. Non avevo idea di quanto tempo fosse rimasta là: aveva una gonna rossa e i capelli neri e sciolti al vento. Non c'era nessun altro in spiaggia in quella giornata grigia. Sapevo che stava aspettando me. Così mi arrampicai dove sedeva lei e ci mettemmo a parlare, mentre io fumavo le sue sigarette e si vedevano i giunchi tutt'intorno a noi appiattiti dalla bufera. Mi ricordo di avere pensato che sembravano il pelo di un animale quando lo carezzi. E poi tornammo a casa e i campi da golf profumavano di timo selvatico. Un paio di giocatori di golf ci sorpassarono e io li vidi dare un'occhiata ad Annabelle, e poi guardare me con uno sguardo d'invidia. Era gratificante... Ci ho fatto l'abitudine a queste scene, quando ero con Annabelle ed entravo in un pub, oppure me ne stavo seduto in macchina accanto a lei, con la capote abbassata e il sole sulla faccia; oppure ci si fermava a un semaforo e la gente sul marciapiede voltava la testa a fissarci, e poi sorrideva.»

«Probabilmente pensavano che foste una bella coppia.»

«È molto più probabile che si chiedessero che cosa mai ci facesse una creatura sensazionale come Annabelle con quello sbarbatello.»

«E quanto è durata la cosa?»

«Due mesi, o tre. Era un'estate molto calda, Annabelle sosteneva che faceva troppo caldo per riportare il suo bambino a Londra, così si fermò a Penmarron.»

«Ti parlava di suo marito?»

«Di Leslie Collis? No, non molto. Si diceva in giro che lo avesse sposato per i soldi, e a dire la verità non ne parlava con molto affetto, ma la cosa non mi toccava. Non volevo sapere niente di lui, non volevo pensare a lui, e non volevo sentirmi in colpa.

Se ti ci metti di buzzo buono, sai, è possibile ignorare i propri scrupoli di coscienza. Certo, bisogna essere molto decisi, ma io scoprii di esserne capace, per la prima volta in vita mia, e la cosa rese tutto molto più semplice.»

«Forse è così che si deve vivere, quando si hanno vent'anni.»

Daniel sorrise.«Parli come se fossi vecchia e saggia, potresti essere Phoebe.»

«Vorrei proprio essere come lei.»

Stava ancora camminando avanti e indietro in quella bella stanza, come una tigre in gabbia. «Era più o meno questo periodo dell'anno,» continuò «verso la metà di settembre. Ma non pioveva come adesso. Il bel tempo sembrava non dover smettere mai, e così fui preso alla sprovvista quando improvvisamente Annabelle annunciò che se ne tornava a Londra. Quel giorno eravamo di nuovo sulla spiaggia; era pomeriggio inoltrato e c'era l'alta marea; avevamo appena fatto una nuotata. Il mare era arrivato a coprire la sabbia ed era color verde giada, con l'acqua molto calda. Eravamo seduti a fumare una sigaretta, quando mi informò della sua intenzione di fare ritorno a Londra. Aspettai di essere travolto dalla disperazione, ma poi mi accorsi che non succedeva: anzi, stranamente, provai un senso di sollievo. Volevo che la cosa finisse adesso, mentre tutto era ancora bello. Non volevo che si inacidisse. E poi sapevo che dovevo rimettermi a lavorare. Dipingere è sempre stata la cosa più importante della mia vita e adesso avevo l'impressione di sentirmi tirare per la manica, in un certo senso, di essere richiamato al dovere, insomma. Desideravo voltare le spalle a tutto il resto e concentrarmi sui miei quadri, buttarmici dentro. Il mio anno con Chips era quasi finito e io volevo viaggiare, imparare. Pensavo di andare in America.

«Feci per dire una frase di circostanza, ma Annabelle mi interruppe: fu allora che mi comunicò che aspettava un bambino. "È tuo figlio, Daniel" mi disse.

«Devi sapere che quello era uno dei miei terrori immaginari di quando ero più giovane, ancora adolescente: immaginavo proprio una situazione del genere, una ragazza che io avevo messo incinta. Una ragazza che non avevo voglia di sposare. Cause di paternità, padri furenti, matrimonio riparatore. Un incubo! Ed ecco che si era avverato, anche se le cose stavano andando in maniera inaspettata. Mentre Annabelle continuava a parlare, piano piano nel mio cervello inebetito si faceva strada il senso di quello che lei stava dicendo: non voleva niente da me, non voleva coinvolgermi in una causa di divorzio, non voleva che scappassimo insieme, non voleva che la sposassi. E non voleva denaro.

«La cosa mi parve strana, doveva esserci sotto qualcosa. Alla fine, quando smise di parlare, le chiesi: "È tuo marito?" e Annabelle mi rispose ridendo che lui non avrebbe fatto domande. Le dissi che non ci credevo, nessun uomo avrebbe accettato il figlio di un altro. Ma Annabelle ribatté che Leslie Collis l'avrebbe accettato, per salvare la faccia e il proprio orgoglio: non c'era niente che odiasse di più al mondo che fare la figura dello stupido. Si preoccupava di quello che pensavano di lui i colleghi, di quello che diceva la gente. Non avrebbe permesso a niente e a nessuno di distruggere quell'immagine di uomo avveduto che si era costruita nel corso degli anni. Quando Annabelle vide la faccia che facevo, si mise di nuovo a ridere e mi rassicurò: "Non preoccuparti, Daniel, non ti verrà a cercare per inseguirti con la pistola".

«"Sì," risposi "ma il bambino è mio" e lei buttò la sigaretta per terra, si scostò i capelli dalla faccia, ed esclamò: "Oh, non preoccuparti del bambino, avrà una casa confortevole": sembrava che parlasse di un cane.»

Adesso Daniel aveva smesso di camminare nervosamente avanti e indietro: fermo nel centro della stanza, fissava il bicchiere che teneva in mano. Sul fondo era rimasto ancora un po' di whisky e, con un rapido movimento della mano e della testa, lo tracannò in un sorso. Sperai che non se ne versasse dell'altro: sarebbe stato un sollievo per chiunque si trovasse in quello stato d'animo scivolare nell'oblio di una bella sbornia. Ma lui andò a posare il bicchiere vuoto sopra il frigorifero e poi, accorgendosi che ormai si era fatto buio, si diresse alla finestra e tirò le tende, chiudendo fuori dalla stanza l'atmosfera tetra di quella serata.

«Non dici niente?» fece poi, rivolto a me.

«Non mi viene in mente nulla di intelligente da dire.»

«Sei scandalizzata.»

«Non è proprio il caso di usare questo termine. Non spetta a me scandalizzarmi o prendere posizione in un senso o nell'altro. Solo che mi spiace per te.»

«Non ti ho ancora detto tutto, hai voglia di sentire il resto?»

«Solo se desideri che io lo senta.»

«Credo di sì... è da anni che non parlo così, non sono nemmeno sicuro che riuscirei a interrompermi, se mai lo volessi.»

«Non ne hai mai parlato con nessuno?»

«Sì, ho raccontato tutto a Chips. All'inzio pensai di non dirgli niente, che non ce l'avrei fatta a dirglielo. Tanto per cominciare mi vergognavo troppo – dopo tutto Leslie Collis non era l'unico che odiava fare la figura dello stupido. Ma in verità non ero mai stato molto bravo a nascondere i miei sentimenti e, dopo un paio di giorni in cui sembravo diventato deficiente e mi trascinavo come un automa nello studio di Chips e non facevo in tempo a prendere qualcosa in mano, che mi cadeva subito per terra, Chips perse la pazienza e si mise a imprecare, poi mi chiese che cosa diavolo mi stava succedendo. E così glielo dissi, gli raccontai tutto senza che lui mi interrompesse o dicesse una sola parola: si limitò a starsene seduto sulla sua poltrona mezzo sfondata ad ascoltare, fumando la sua pipa. Quando ebbi finito, mi ero tolto un peso dallo stomaco e mi sentivo talmente sollevato che mi domandai perché non glielo avessi detto subito.»

«E lui che cosa disse?»

«Per un po' non disse niente, continuò semplicemente a fumare e a guardare nel vuoto, riflettendo sulla faccenda. Non sapevo che cosa stesse pensando, quasi quasi mi aspettavo che mi ordinasse di fare le valigie e di non farmi più vedere a Holly Cottage in vita mia.

«Ma alla fine svuotò la pipa, se la mise in tasca e poi mi disse: "Giovanotto, qui ti stanno prendendo per i fondelli". E mi parlò di Annabelle: mi disse che era sempre stata amorale e notoriamente promiscua in fatto di sesso. Che quell'estate non faceva eccezione. Quanto al bambino, c'era un altro uomo, un allevatore della zona di Falmouth, sposato e con prole. Secondo Chips molto probabilmente era lui il padre del bambino di Annabelle. E lei doveva saperlo bene.

«Quando venne fuori con questo particolare,mi sentii più sconcertato che mai: se da un lato ero sollevato, dall'altro mi sentivo anche preso per il naso. Il mio amor proprio aveva subìto un duro colpo. Sapevo di essere in colpa nei confronti di Leslie Collis, ma il venire a sapere che Annabelle mi aveva tradito fu come un calcio sui denti, una pugnalata alla mia virilità appena scoperta. Ti sembra spregevole, non è vero?»

«No, è più che comprensibile. Ma, se le cose stavano così, perché mai ti doveva dire che il bambino era tuo?»

«È la stessa domanda che feci io allora a Chips, e lui mi rispose che era tipico di Annabelle fare così. Che gusto c'era a combinare una bel disastro se non riuscivi a lasciarti dietro uno strascico di sensi di colpa e di rimorsi? Incredibile, non ti pare?»

«A me sembra incredibile, ma deve pur essere vero, se lo ha detto Chips.»

«È quello che pensai anch'io allora. Chips andò a chiarire la faccenda quella sera stessa. Raggiunse White Lodge a piedi e trovò Annabelle sola. Sulle prime lei cercò di svicolare, insistendo che il bambino non poteva che essere altri che mio, ma Chips ribatté con quello che mi aveva detto e tirò fuori la storia dell'altro uomo, facendone il nome; a questo punto Annabelle si arrese e ammise che lui aveva ragione. Non era necessariamente figlio mio: non le dispiaceva l'idea che fossi io il padre del suo bambino, tutto qui. Non l'ho più rivista da allora. Se ne tornò a Londra uno o due giorni dopo, portandosi dietro il ragazzino e la sua tata. Chips e io decidemmo che era ora che me ne andassi anch'io, avevo segnato il passo per troppo tempo.»

«E Phoebe è al corrente di tutti i particolari di questa storia?»

«No, non volevo che lei sapesse, e Chips era d'accordo con me. Era sperabile che non ci sarebbero state ripercussioni e non era il caso di turbarla, né era il caso di crearle difficoltà di rapporti con la signora Tolliver. Penmarron è un paese piccolo e Chips e Phoebe dovevano continuare a viverci, erano ormai tutti e due parte integrante di quella comunità piuttosto unita.»

«Che uomo saggio era Chips!»

«Sì, era saggio. E comprensivo. Non saprei da dove cominciare se dovessi descriverti la sua generosità nei miei confronti in quel periodo. Si comportò come un padre, ma dei migliori. Sbrigò lui tutte le formalità, mi prestò persino dei soldi per tirare avanti finché non mi fossi assestato; mi diede lettere di presentazione per i suoi amici di New York, ma, cosa ancora più importante, mi mandò via con una lettera di presentazione a Peter Chastal a Londra. A quel tempo la galleria era aperta solo da un paio di anni, ma Chastal si era già fatto un nome nel mondo dell'arte. Mi portai a Londra una cartella con i miei lavori perché lui potesse dargli un'occhiata e, quando partii per l'America, aveva già accettato di esporre i miei quadri e farmi da agente. Ed è quello che sta facendo da allora.»

«Ha fatto un buon lavoro.»

«Sì, sono stato fortunato.»

«Chips diceva sempre che è inutile avere talento se non ti dai da fare a usarlo.»

«Chips diceva parecchie cose molto sensate.»

«Ed è stato il tuo lavoro che ti ha tenuto lontano da tanto tempo? Undici anni!»

«Con me stesso fingo che sia stata colpa del lavoro, perché preferisco non dover ammettere che stavo cercando di fuggire da quello che era successo. Ma probabilmente stavo scappando: è stata una vera e propria fuga, sempre più lontano, prima a New York, poi in Arizona, e poi a San Francisco. È stato là che ho cominciato a interessarmi all'arte giapponese. C'è una grossa comunità giapponese a San Francisco e mi sono trovato a frequentare un guppo di giovani pittori. Più lavoravo con loro e più mi rendevo conto di quanto fossi ignorante. La pittura giapponese ha tradizioni che risalgono a secoli addietro. Mi affascinava. Così sono andato in Giappone e là ho ripreso a fare lo studente, seduto ai piedi di un uomo molto vecchio e famoso. E ho perso il senso del tempo. Sono rimasto là quattro anni. Certe volte mi pareva di essere là da pochi giorni, altre da un'eternità.

«Questa mostra da Peter Chastal è il frutto di quegli anni. Ti ho già detto che non avevo voglia di tornare indietro per l'inaugurazione: i primi giorni dopo l'apertura di una mia mostra mi terrorizzano, non esagero, credimi. Ma, a parte questo, avevo anche paura di fare ritorno in Inghilterra. Mentre me ne stavo dall'altra parte del mondo mi era facile non pensare ad Annabella e a quel figlio che poteva essere mio. Ma se tornavo... ho avuto spesso incubi in cui mi trovavo a Londra e vedevo Annabelle e il mio bambino venirmi incontro.»

«Non pensavi che avresti corso dei rischi venendo qui in Cornovaglia?»

«Sembrava tutto già predestinato: il mio incontro casuale nel pub, l'offerta di un passaggio. Ero stato tentato di non venire, ma desideravo tanto rivedere Phoebe!»

Ripensai al giorno prima e ricordai come era rimasto silenzioso là seduto al bar giù da basso, mentre io chiacchieravo di Charlotte e della signora Tolliver. «Daniel, quando ti ho detto che Charlotte era qui dalla nonna a Penmarron, devi aver capito che il bambino era lei, non è vero?»

«Sì, l'ho capito e sapevo anche che l'avrei inevitabilmente incontrata. Faceva tutto parte di qualche straordinario disegno del destino su cui non avevo il minimo potere. Quando siamo arrivati da Phoebe questo pomeriggio e siamo scesi dalla macchina ed entrati in casa, sapevo che Charlotte era nei paraggi, lo sapevo anche prima che me lo confermasse Lily. E mentre uscivo dalla casa e scendevo giù per la collina e andavo a prendere lei e Phoebe in fondo alla diga mi ripetevo ossessivamente che, dopo tutti questi anni di incertezza, avrei finalmente saputo la verità.

«Non mi avevano notato arrivare, erano troppo prese da quello che stavano facendo. Ma poi Phoebe mi ha visto e e mi ha chiamato per nome. E anche Charlotte ha alzato gli occhi. E quando ho visto quel faccino ho avuto la certezza matematica, pur senza avere prove, che Annabelle mi aveva detto la verità, dopo tutto.»

Così stavano le cose, dunque. Mi sembrava di essere rimasta in piedi per un'eternità ad ascoltare la voce di Daniel. Mi faceva male la schiena e mi sentivo esausta e priva di forze. Non avevo idea di che ore fossero. Dal cuore dell'albergo al piano di sotto, in piena attività adesso, venivano suoni e odori: voci, un lontano acciottolio di piatti, la debole eco dell'orchestra che suonava un brano senza pretese di *Tutti insieme appassionatamente*. Prima o poi sarei dovuta ritornare a Holly Cottage, da Phoebe e dal suo pollo in tegame. Ma non adesso, non era ancora il momento.

«Se non mi siedo muoio» dissi dirigendomi verso il camino e lasciandomi cadere in una delle poltrone ricoperte di cinz. Per tutto il tempo in cui avevamo parlato, le piccole fiamme false avevano continuato a lambire allegramente il finto ciocco del caminetto. Adesso mi rilassai nella poltrona, il mento sprofondato nel collo del maglione, e rimasi in contemplazione di quel frenetico lampeggiare senza scopo.

Sentii Daniel versarsi un altro drink. Poi venne dalla mia parte con il suo bicchiere e si sedette di fronte a me sull'altra poltrona. Alzai gli occhi e i nostri sguardi si incrociarono: eravamo entrambi molto seri.

Sorrisi. «Adesso me l'hai detto. E non so perché l'hai fatto.»

«Dovevo dirlo a qualcuno. E, per qualche strano motivo, ho la sensazione che anche tu faccia parte di tutta la storia.»

«No, non è vero.» Questa era forse l'unica certezza che avevo. Quanto al resto, mi pareva che non ci fossero soluzioni per la situazione in cui si trovava Daniel adesso. Ci pensai per un po' prima di continuare: «...E in fondo trovo che nemmeno tu faccia parte di tutta questa storia. È finita, Daniel. Chiusa. Dimenticata. Acqua passata e via dicendo, insomma. Immaginavi che Charlotte potesse essere tua figlia: adesso sai che lo è. Ma questa è l'unica cosa che è cambiata. Charlotte rimane sempre Charlotte Collis, la figlia di Leslie Collis, la nipote della signora Tolliver e l'amica di Phoebe. A questo devi rassegnarti e devi dimenticare tutto il resto. Non hai altra scelta. Che tu abbia scoperto la verità è un particolare irrilevante che non cambia niente. Non sei mai stato responsabile di Charlotte, né tanto meno lo sei adesso. Devi pensare a lei come a una bambina che hai conosciuto alla diga e che per caso ha in comune con te il talento per il disegno e il cui viso ti ricorda quello di tua madre.»

Daniel non mi rispose subito. «Se fosse soltanto questo il problema, non sarebbe troppo male» disse dopo un po'.

«Che cosa intendi dire con questo?»

«Mi riferisco in particolare a quello che hai notato tu sul treno (e Lily Tonkins, che non è affatto stupida, ha messo subito il dito sulla piaga): Charlotte non solo deve portare gli occhiali, ma si mangia le unghie, è sola, infelice e apparentemente trascurata.»

Evitai il suo sguardo, voltandomi a fissare il fuoco. Se ci fosse stato un camino vero, avrei potuto occupare quel difficile momento attizzando il fuoco o mettendo altra legna, tanto per creare una diversione... Ma in questo caso non sapevo che cosa fare. Sapevo, come lo sapevano Phoebe e Lily Tonkins, che tutte le cose che aveva detto Daniel erano molto probabilmente vere. Ma dargli ragione in questo momento avrebbe significato semplicemente metterlo di fronte a una situazione ancora più inaccettabile, senza peraltro facilitare le cose a Charlotte.

Sospirando, cercai di trovare le parole giuste. «Non devi prendere alla lettera tutto quello che dice Lily. Tende sempre a drammatizzare. E poi le bambine dell'età di Charlotte non sono sempre facili da capire. A volte si chiudono in se stesse, e poi mi sembra che sia piuttosto timida...»

Alzai gli occhi e di nuovo i nostri sguardi si incrociarono, così sorrisi, cercando di prendere un'aria allegra e realistica. «...e poi, siamo sinceri, non è che la signora Tolliver sia quel che si dice una dolce nonnina affettuosa, il che spiega come mai Charlotte sia tanto affezionata a Phoebe. E non penso che se la passi così tanto male a White Lodge, dopo tutto. È vero che non ci sono altri bambini con cui giocare, ma è perché tutti gli altri bambini del paese sono tornati a scuola. E malgrado tutto quello che ha detto Lily, sono sicura che Betty Curnow è una persona gentile e passa parecchio tempo con lei. Non devi lasciarti prendere la mano dalla fantasia. E poi domani la portiamo a fare un picnic, non te lo sei dimenticato, vero? Hai promesso di portarci a Penjizal e farci vedere le foche... non puoi più tirarti indietro ormai.»

«No, non mi tiro indietro.»

«Adesso capisco perché eri così restio a venire con noi, non sarà una cosa facile per te.»

Scosse la testa. «Non vedo che differenza, in bene o in male, possa fare un solo giorno nel contesto di due vite completamente separate.»

Cercai di capire che cosa intendesse dire. «Non so che cosa significhi questa frase, ma sono sicura che hai ragione.»

Daniel si mise a ridere. Giù da basso l'orchestra era passata da *Tutti insieme appassionatamente* a *I pirati di Penzance*. Sentivo un delizioso profumo di cibo.

«Torna indietro con me a Holly Cottage. Farebbe così piacere a Phoebe; mangeremo il pollo al tegame di Lily come era stato deciso, ne ha cucinato per un reggimento.»

Ma mi rispose di no.

Diedi un'occhiata al bicchiere vuoto posato sul pavimento. «Mi prometti che non starai qui tutta la sera a bere fino a ridurti in catalessi?»

Scosse la testa. «Come mi conosci poco, come ci conosciamo poco noi due! Non bevo a quel modo, non l'ho mai fatto in vita mia.»

«Ma metterai qualcosa di solido nello stomaco? Cenerai?»

«Sì, più tardi. Scenderò giù da basso.»

«Allora, se proprio non vuoi venire, devo andarmene da sola. Phoebe penserà che mi sono dimenticata di lei, oppure che ho avuto un incidente con la macchina, o che mi è successo qualcosa di spaventoso.» Mi alzai dalla poltrona e Daniel mi imitò: ci ritrovammo in piedi come due persone alla fine di un party molto formale.

«Buona notte, Daniel.»

Lui mi posò le mani sulle spalle e si chinò a darmi un bacio sulla guancia. Per un lungo momento io rimasi ferma a guardarlo negli occhi, poi gli misi le braccia al collo, gli feci abbassare la testa verso di me, e lo baciai sulla bocca. Sentii le sue braccia stringermi a sé, stringermi tanto forte a lui che percepivo i battiti del suo cuore attraverso l'ispida lana del suo maglione.

«Oh, Prue.»

Gli posai la guancia sulla spalla e sentii le sue labbra che mi sfioravano i capelli. Fu il più dolce degli abbracci, privo di passione e apparentemente senza alcun significato. Ma allora perché mi sentivo tutt'a un tratto così, presa fino allo spasimo da un bisogno che non avevo mai provato prima d'ora, con le gambe molli e gli occhi che bruciavano di ridicole lacrime non versate? Poteva succederti così di colpo di innamorarti di una persona? Come un fuoco d'artificio in un cielo buio, che esplode nell'infinito e si trascina dietro una scia luccicante di stelle multicolori.

Rimanemmo in silenzio, abbracciati, come bambini che si tengono stretti per vincere la paura. Non era necessario parlare. Alla fine Daniel disse: «A proposito di quella casa in Grecia, parlavo sul serio quando ti ho proposto di venire a trovarmi, non voglio che tu te lo dimentichi».

«Mi stai chiedendo di venire con te adesso?»

«No.»

Mi scostai leggermente da lui per guardarlo negli occhi. «Non posso continuare a fuggire dai miei pensieri» spiegò. «Forse qualche altro giorno, in qualche altro momento.» Poi mi baciò di nuovo, un bacio frettoloso questa volta, perché era ritornato con i piedi sulla terra e aveva dato un'occhiata all'orologio. «Devi andare. Il pollo sarà incenerito e Phoebe penserà che io ti abbia violentata.» Andò a prendere il mio montgomery dalla poltrona e me lo tese in modo che potessi infilare le braccia nelle maniche, poi mi fece girare su me stessa e me lo abbottonò per tutta la sua lunghezza.

«Ti accompagno giù da basso.» Andò ad aprire la porta e fianco a fianco attraversammo il lungo corridoio verso le scale. Passammo davanti a file di porte chiuse su stanze in cui persone che non avevamo mai conosciuto si erano amate, avevano passato la luna di miele o le vacanze, avevano riso, avevano litigato, avevano fatto la pace ridendo.

Il *foyer*, quando giungemmo in fondo alle scale, adesso sfoggiava il suo aspetto più festoso: gli ospiti uscivano dal bar o si avviavano in direzione del ristorante, oppure ancora sedevano agli stessi tavolini davanti a un cocktail e a ciotole di salatini. Il brusio della conversazione, tenuta in tono piuttosto alto per sovrastare la musica dell'orchestra, era considerevole. Gli uomini portavano la cravatta nera e lo smoking di velluto, mentre le signore erano in gonne da sera o caftani decorati da lustrini.

Attraversammo la sala, causando un leggero trambusto con la nostra inaspettata comparsa, come dei fantasmi a una festa. Mentre passavamo, le conversazioni prendevano un tono esitante, le sopracciglia si alzavano di nuovo. Arrivammo alla porta d'entrata e uscimmo nel buio della notte. Finalmente aveva smesso di piovere, ma il vento gemeva ancora tra gli alti rami degli alberi.

Daniel alzò gli occhi verso il cielo. «Che tempo ci sarà domani?»

«Bello, forse. Può darsi che il vento porti via il brutto tempo.»

Arrivammo alla macchina e Daniel mi aprì la portiera. «Quando ci vediamo?»

«Verso le undici. Ti vengo a prendere io, se vuoi.»

«No, chiederò un passaggio fino a Penmarron, oppure prenderò un autobus o un altro mezzo. Ma ci sarò, quindi non andartene senza di me.»

«La tua presenza è indispensabile, devi mostrarci la strada.»

Salii in macchina e mi sedetti al volante.

«Mi spiace per stasera» mi disse.

«Sono contenta che tu mi abbia raccontato tutto.»

«Anch'io, grazie di avermi ascoltato.»

«Buona notte, Daniel.»

«Buona notte.»

Richiuse la portiera e io avviai il motore e affrontai le curve del vialetto, seguendo il fascio di luce dei fari, allontanandomi da lui. Non so per quanto tempo sia rimasto là dopo che io ero partita.

VI

Parlammo, Phoebe e io, quella sera, fino a tarda notte. Ci abbandonammo piacevolmente ai ricordi e rievocammo i giorni in cui Chips era vivo. Tornammo anche più indietro nel tempo, al Northumberland, a Windyedge, dove Phoebe aveva trascorso la sua infanzia libera e scatenata, quando, in groppa al suo pony dal pelo arruffato, correva lungo le fredde spiagge del nord. Parlammo anche di mio padre e della felicità che aveva trovato con la sua nuova moglie, e Phoebe ricordò le spedizioni insieme a tutti gli altri bambini a Dunstanbrugh e Bambrugh, e mi raccontò dei raduni notturni in cui le giacche rosa dei cacciatori spiccavano brillanti come bacche nell'aria gelida e i cani da caccia si riversavano sui campi striati di neve.

Parlammo di Parigi, dove aveva fatto i suoi studi, e della casetta in Dordogna che lei e Chips avevano comprato in un anno di prosperità, e dove ancora tornava ogni anno per dipingere.

Parlammo di Marcus Bernstein, del mio lavoro, del mio minuscola appartamento a Islington.

«La prossima volta che capito a Londra vengo a stare da te» promise.

«Non ho una stanza per gli ospiti.»

«Allora dormirò sul pavimento.»

Mi raccontò della Nuova Società delle Arti che si era appena costituita a Porthkerris e di cui era una delle socie fondatrici. Mi descrisse la casa di un vecchio e celebre vasaio, figlio di un pescatore, che era tornato a Porthkerris per passare i suoi ultimi anni in quel labirinto di stradine dove era nato ottant'anni prima.

Parlammo di Lewis Falcon.

Ma di Daniel non parlammo. Come se avessimo stretto un tacito accordo, né Phoebe né io pronunciammo il suo nome.

Passata mezzanotte Phoebe finalmente andò a letto. La seguii su per le scale per tirare le tende nella sua stanza, rivoltare la trapunta e aiutarla a togliersi gli indumenti che le davano più problemi. Poi portai giù la bottiglia dell'acqua calda per riempirla dal bollitore e finalmente la lasciai al calduccio del suo enorme letto morbido, già tutta presa dal suo libro.

Ci eravamo date la buona notte, ma io non andai a letto: avevo la testa in subbuglio ed ero sveglia e irrequieta, come se avessi preso una droga estremamente stimolante. Non mi attirava l'idea di starmene sdraiata al buio, in vana attesa del sonno, e così, armata di un'enorme tazza di caffè che mi ero preparata in cucina, tornai a sedermi davanti al camino. La fiamma si era ormai trasformata in un letto di cenere grigia, così aggiunsi dell'altra legna e la osservai accendersi e divampare allegramente, poi mi accoccolai nella vecchia poltrona di Chips; qui, semisepolta in quelle confortevoli profondità logore e vissute, pensai a Chips e rimpiansi di non averlo vicino. Non lo volevo morto, lo volevo vivo accanto a me qui in questa stanza. Eravamo sempre stati molto legati noi due e adesso avevo bisogno di lui, dei suoi consigli.

"Come un padre, ma dei migliori." Pensai a Chips, che, con la sua pipa in bocca ascoltava la confessione del giovane Daniel a proposito di Annabelle Tolliver e della bambina. Annabelle con quei suoi capelli scuri, la faccia da gatto, gli occhi grigi e l'enigmatico sorriso.

"È tua figlia, Daniel."

Sentivo altre voci ancora... quella di Lily Tonkins: "Se la signora Tolliver non vuol prendersi la briga di badare alla bambina, allora dovrebbe pagare qualcun altro per farlo al posto suo". Lily, stridula per l'indignazione, che sbatteva la pastella nella ciotola per sfogare la sua irritazione.

E poi mia madre, esasperata perché rifiutavo di adeguarmi al modello che elaborava per me da una vita.

"Sul serio, Prue, non capisco che cosa tu vada cercando."

Le avevo risposto che non stavo cercando nulla. Ma qualcosa avevo trovato, dopo tutto... C'era una parola, «*serendipity*»... era una parola così fuori dal comune e suonava così strana che ero andata a cercarmela una volta sul dizionario:

serendipity *s.f.*: fortunata scoperta accidentale.

Io avevo scoperto Daniel: l'avevo scoperto già fin da quando l'avevo osservato venire verso di me, entrare nella mia vita, sulla vecchia diga, appena sceso dal treno. «Come ci conosciamo poco noi due!» aveva detto questa sera, e in parte era vero: un giorno, due giorni, ti bastano appena per stabilire un contatto, una conoscenza epidermica.

Ma nel mio caso era diverso. Il tempo e gli eventi si erano miracolosamente ristretti ai minimi termini, e avevo l'impressione di avere vissuto una vita intera insieme a lui nelle ultime ventiquattro ore. Non riuscivo a capacitarmi del fatto che non lo conoscessi da sempre, che le nostre esistenze separate non fossero già strettamenter intrecciate come i fili di una sola matassa di lana.

E volevo che tutto continuasse così, ero disposta a lasciarlo fare a modo suo, come aveva fatto Phoebe. Quello era l'unico modo, lo capivo bene. Ma non volevo perderlo. Sapevo però anche che le probabilità non erano in mio favore. In parte per come era fatto Daniel: avrebbe sempre avuto bisogno della sua libertà, perché era un artista, sempre irrequieto, costantemente alla ricerca di qualcosa. Ma più di tutto mi spaventavano il ricordo di Annabelle, l'esistenza di Charlotte.

Charlotte. Chi mai avrebbe potuto indovinare quali traumi avesse subìto quella bambina, imposta a un uomo che aveva l' assoluta certezza di non essere suo padre. Fin dai quei primi istanti in cui l'avevo visto sul treno, quell'uomo aveva suscitato in me un'antipatia istintiva; e poi, come avrei potuto ignorare la sua impazienza con la bambina e non riconoscere una totale mancanza d'affetto nel gesto con cui le aveva infilato la banconota da dieci sterline in mano, quasi a pagamento di un noioso debito?

E Annabelle. Quanta infelicità aveva sulla coscienza! "Che gusto c'era a combinare un bel disastro se non riuscivi a lasciar ti dietro uno strascico di sensi di colpa e di rimorsi?" E ci era riuscita alla perfezione, con le sue passioni imprevedibili, a combinare un disastro, con la violenza distruttrice di un uragano. Adesso pareva che l'uragano fosse esploso di nuovo e mi faceva paura, perché aveva il potere di strapparmi per sempre da Daniel.

"Non posso continuare a fuggire dai miei pensieri."

Pensai a quella casa in Grecia, a quella casa a forma di zolletta di zucchero a picco sul mare, con la terrazza dal pavimento a piastrelle e i gerani di colori brillanti. Il verso di una poesia, mezzo imparata, mezzo dimenticata, mi balenò in mente, come un fantasma.

> Ahimè, mio adorato, le terre dell'estate al di là dell'oceano ci sono ormai precluse. Non le rivedremo mai più insieme.

Dalla mensola del caminetto la sveglia di Phoebe emise una sola nota argentina. L'una. Posai la tazza vuota e, con un certo sforzo mi strappai ai comodi abissi della poltrona di Chips. Ancora non mi era venuto sonno così mi avvicinai alla radio di Phoebe e giocherellai con i pulsanti, alla ricerca di un po' di musica. Quando riuscii a trovare un programma di vecchia musica pop, riconobbi un motivo che risaliva ai tempi della mia adolescenza.

> Grazie al Cielo
> che ti ho incontrato.
> Grazie a te
> mi sento rinato.

La giostra non era stata riposta nella credenza, era ancora sul tavolo, dove aveva giocato Charlotte. Andai a prenderla per metterla via, per evitare che nel vecchissimo meccanismo entrasse della polvere, che avrebbe potuto danneggiarlo e fermare per sempre il suo movimento cigolante. L'idea che potesse rompersi, e finire dimenticata da qualche parte, senza nessuno che ci giocassse più, mi riusciva insopportabile.

"Non so proprio quale mi piace di più..."

Feci girare la manovella e abbassai dolcemente la levetta. Pian pianino, con calma e dignità, gli animali dipinti a colori vivaci si misero a girare, mandando lampi dalle briglie di stagnola illuminate dalla luce delle fiamme, come le decorazioni di un albero di Natale.

Senza di te,
la vita perde
di significato,
come le note di
un canto stonato.

E poi sarebbe venuto domani. Non sapevo bene se l'idea di quella giornata mi faceva paura o se non vedevo l'ora che arrivasse l'alba. La posta in gioco mi sembrava così grossa. Sapevo solo che noi tre saremmo andati a Penjizal a vedere le foche. Il seguito non sapevo come immaginarlo, speravo soltanto che dal nostro stare insieme sarebbe nato qualcosa di buono. Per Daniel, per Charlotte, e anche, egoisticamente, per me.

La carica del meccanismo si esaurì e lentamente il piatto si fermò. Mi chinai per togliere la giostra dal tavolo e andai a riporla nella credenza, poi chiusi gli sportelli e girai la chiave. Misi un parafuoco davanti al camino, spensi la radio e la luce e finalmente salii su per le scale al buio.

Mi svegliai presto, alle sette, al verso di un grosso vecchio gabbiano che dal tetto dello studio di Chips urlava il suo saluto al nuovo giorno. Il cielo incorniciato dalle mie tende tirate era di un azzurro pallido, velato da una nebbiolina che ti ricordava i giorni più caldi dell'estate. Non si sentiva un alito di vento né altri rumori oltre all'urlo del gabbiano e al mormorio della marea, che stava riempiendo a poco a poco i canali e le buche di sabbia dell'estuario. Quando mi alzai per avvicinarmi alla finestra sentii che faceva molto freddo, come se ci fosse stata una gelata. Ma sentii anche odore di alghe, di corda incatramata, e il profumo pulito dell'acqua salata che arrivava direttamente dall'oceano. Era proprio uno di quei giorni che sembrano fatti apposta per un picnic.

Mi alzai e scesi a preparare un caffè per me e la colazione per Phoebe. Quando gliela portai, la trovai già sveglia e seduta con la schiena appoggiata ai cuscini: non leggeva, stava semplicemente godendosi lo spettacolo del sole che in quella perfetta mattinata autunnale disperdeva quel che restava della foschia della notte.

Le posai sulle ginocchia il vassoio della colazione.

«Una mattina come questa» cominciò Phoebe senza preamboli «è una di quelle cose che si ricordano quando si è diventati molto, molto vecchi, ne sono sicura. Buon giorno, tesoro.» Mi diede un bacio. «Che giornata per un picnic!»

«Vieni con noi, Phoebe.»

Si lasciò tentare. «Dipende da dove andate.»

«Daniel ci indicherà la strada per Penjizal. Ha parlato di una piscina naturale dove vengono a nuotare le foche.»

«Oh, è un posto splendido, ti piacerà. Ma è meglio che io non venga. Il sentiero che scende giù dalla scogliera è un po' troppo ripido per una persona con un braccio solo. Sarebbe una bella scocciatura per voi se io perdessi l'equilibrio e finissi a capofitto nel mare.» Alla sola idea di una cosa del genere scoppiò nella solita fragorosa risata. «Ma la passeggiata dalla fattoria che c'è lassù in alto è un incanto. Ci sono fucsie selvatiche dappertutto e d'estate la valle è tutta un ronzio di libellule. Che cosa ti porterai da mangiare? Panini al prosciutto? Abbiamo del prosciutto? Che peccato che non si possano fare dei panini con il pollo al tegame freddo, ce n'è avanzato tanto da ieri sera. Chissà se Daniel ha parlato con Lewis Falcon. Ho sentito dire che ha un giardino bellissimo pieno di fiori selvatici, là a Layton...»

E così, saltando di palo in frasca, continuò a chiacchierare. Che tentazione dimenticare la giornata che mi aspettava, perdere il senso del tempo e passare il resto della mattina seduta ai piedi del morbido lettone di Phoebe. Ma, finito il bricco del caffè e quando i raggi del sole cominciarono a penetrare di sbieco dalla finestra aperta, sentii sbattere la porta della cucina giù da basso e capii che era arrivata Lily Tonkins sulla sua bicicletta.

Diedi un'occhiata all'orologio dlla stanza. «Santo cielo, sono le nove passate, devo darmi una mossa!» Mi alzai di malavoglia dal letto e cominciai a radunare tazze e piattini, che poi sistemai sul vassoio di Phoebe.

«Devo darmi una mossa anch'io!»

«Oh, non alzarti, rimani ancora a letto per un'oretta, lo sai che a Lily fa piacere. Così può tirare a lucido tutta la casa senza costringerti ogni momento a spostarti da una stanza all'altra.»

«Vedrò» mi rispose Phoebe, ma, mentre mi avviavo verso la porta, la vidi allungare la mano a prendere il suo libro. Stava leggendo C.P.Snow e io le invidiai il letto caldo e quella prosa meravigliosamente solenne. Sospettavo che avrebbe fatto la sua comparsa giù non prima di mezzogiorno.

Nella cucina trovai Lily che si metteva il grembiule.

«Salve, Prue, come va stamattina? Bella giornata, vero? L'aveva detto ieri sera Ernest che sarebbe successo. Ha detto che il vento avrebbe portato via il brutto tempo. E venendo qui per la strada che parte dalla chiesa, si direbbe che faccia caldo come a giugno. Avevo una mezza idea di non venire al lavoro oggi e andarmene giù in spiaggia a mettere i piedi a bagno nel mare.»

Dall'ingresso suonò il telefono.

«Be', chi può mai essere?» esclamò Lily, come invariabilmente faceva quando suonava il telefono.

Ritornai nell'ingresso, mi sedetti sulla vecchia cassapanca intagliata dove stava l'apparecchio e presi il ricevitore. «Pronto.»

«Phoebe?» Era una voce di donna.

«No, qui parla Prue.»

«Oh, Prue, sono la signora Tolliver, c'è Phoebe?»

«Mi spiace, è ancora a letto.»

Aspettai che si scusasse per avere chiamato così presto e mi dicesse che avrebbe ritelefonato più tardi. Invece insistette: ‹ Devo parlarle, può venire al telefono?». E dalla sua voce traspariva un tale senso di incertezza e di ansia che mi sentii prendere da una paura indefinibile

«È successo qualcosa?»

«No. Sì. Prue... devo proprio parlarle.»

«Vado a chiamarla.» Posai il ricevitore e salii su di sopra. Mentre mi affacciavo alla porta di Phobe, lei alzò tranquilla gli occhi dal suo libro

«C'è la signora Tolliver al telefono. Vuole parlare con te. Mi è sembrata molto strana, sconvolta» aggiunsi.

Phoebe aggrottò la fronte. «Di che si tratta?» Posò il libro.

«Non lo so.» Ma la mia immaginazione mi aveva già preceduto. «Forse ha qualcosa a che fare con Charlotte.»

Senza più esitare Phoebe spinse indietro le coperte e scese dal letto. Le diedi una mano a indossare la vestaglia, infilandole nella manica il braccio buono e avvolgendole il resto del voluminoso indumento intorno al corpo a guisa di mantella. Poi cercai le sue pantofole. Aveva ancora i folti capelli stretti in una treccia che le cadeva sulla spalla e i suoi occhiali da lettura le erano scivolati sul naso. Mi precedette giù nell'ingresso, si sedette dove mi ero seduta io e prese il ricevitore.

«Sì?»

Era chiaro che si trattava di una telefonata importante e probabilmente anche piuttosto privata. Forse avrei dovuto allontanarmi discretamente per non stare a sentire, ma Phoebe mi lanciò un'occhiata con cui mi implorava di rimanere nei paraggi, come se prevedesse di avere bisogno del mio sostegno morale. Così, seduta a metà scala rimasi a guardarla dalle sbarre del corrimano.

«Phoebe?» La voce della Signora Tolliver si sentiva chiaramente da dove me ne stavo appollaiata io. «Mi spiace di averti dovuta tirare giù dal letto, ma ho proprio bisogno di parlarti.»

«Sì.»

«Devo vederti.»

Phoebe parve un po' sconcertata. «Come? Subito adesso?»

«Sì, adesso, per favore. Io... credo di avere bisogno di un tuo consiglio.»

«Spero che Charlotte stia bene.»

«Sì. Sì, sta bene. Ma vieni, per favore, ho... ho proprio bisogno di parlarti al più presto.»

«Dovrò vestirmi.»

«Vieni appena puoi, ti aspetto.» E, prima che Phoebe potesse sollevare qualche obiezione, aveva già riattaccato.

Phoebe si ritrovò là seduta con in mano il ricevitore e la comunicazione interrotta. Senza parlare, ci guardammo in faccia e dall'espressione di Phoebe indovinai che era preoccupata quanto me.

«Hai sentito tutto?»

«Sì.»

Phoebe riappoggiò pensosamente la cornetta e il telefono tacque.

«Che diavolo può essere successo? Sembra impazzita.»

Dalla cucina si sentiva Lily che spazzava il pavimento e cantava: «Proteggici, o Signore», segno sicuro, questo, che era contenta come una Pasqua.

Phoebe si alzò in piedi. «Devo andare.»

«Ti porto in macchina io.»

«È meglio che prima mi aiuti a vestirmi.»

Tornata nella sua camera, prese da armadi e cassetti un'accozzaglia di indumenti ancora più spaiati del solito. Quando fu pronta, si sedette al tavolino da toilette e io le sistemai i capelli, rifacendo la treccia, arrotolandola sopra la nuca in uno chignon che poi le tenni fermo, mentre lei ci infilzava le sue antiquate forcine di tartaruga.

Mi inginocchiai ad allacciarle le scarpe e, finita questa operazione, Phoebe mi chiese di portare fuori la macchina. «Io arrivo tra un momento.»

Infilai il mio giaccone e uscii nella luce perlacea e scintillante di quella splendida mattina. Poi aprii il garage e convinsi il vecchio macinino a partire; ero appena uscita a marcia indetro e aspettavo davanti alla porta quando comparve Phoebe. Aveva scelto uno dei suoi cappelli più grandi e vistosi e, per ripararsi dal freddo, si era avvolta intorno alle spalle una mantella-poncho di lana a colori brillanti, tessuta a mano senza ombra di dubbio da qualche contadina del Medio Oriente. Gli occhiali le stavano scivolando sul naso e l'acconciatura dei capelli, appena fatta dalle mie mani inesperte, aveva l'aria di volersi scomporre da un momento all'altro. Non che tutto ciò avesse la minima importanza, quello che veramente mi colpiva era che, in tale occasione, a differenza del solito, Phoebe non sorrideva, e già questo bastava a rendermi furente contro la signora Tolliver.

Tutta infagottata, com'era si lasciò cadere sul sedile accanto a me e partimmo.

«Quello che mi domando» cominciò Phoebe, calcandosi ancora di più il cappello sulla testa «è perché mai abbia chiamato proprio me. Non sono poi tanto amica della signora Tolliver, è molto più legata a quelle distinte signore che giocano a bridge con lei. Ma forse si tratta di Charlotte: sa benissimo come sono affezionata a quella bambina. Sì, forse è così, deve essere...» Si interruppe di colpo. «Ma, Prue, perché andiamo così piano, sei ancora in seconda!» Allora ingranai la terza e continuammo il nostro viaggio a una velocità leggermente più alta. «Dovremmo essere là al più presto.»

«Lo so» le risposi. «Ma vorrei dirti qualcosa e non voglio arrivare dalla signora Tolliver prima di avere finito.»

«Che cosa hai intenzione di dirmi?»

«Può darsi che non abbia niente a che fare con la faccenda di cui lei ti vuole parlare. Ma, se devo essere sincera, ho la spiacevole sensazione che in qualche modo c'entri. Non sono sicura che sia giusto che io te lo dica, ma, giusto o non giusto, ho deciso di dirtelo comunque.»

Phoebe mandò un profondo sospiro. «Si tratta di Charlotte, non è vero?»

«Sì, è figlia di Daniel.»

Le mani sciupate di Phobe rimasero immobili, intrecciate in grembo. «È stato lui a dirtelo?»

«Sì, me l'ha detto ieri.»

«Avresti potuto accennare a qualcosa ieri sera.»

«Non mi ha chiesto di parlartene.»

Andavamo così piano che fui costretta a scalare di nuovo di una marcia mentre la macchina si arrampicava faticosamente per la leggera salita che portava alla chiesa.

«Così hanno avuto una relazione vera e propria, lui e Annabelle.»

«Sì. Sai, non si è trattato semplicemente di un'avventuretta senza importanza, dopo tutto. Alla fine di quell'estate Annabelle informò Daniel che aspettava un bambino da lui. E Daniel si confidò con Chips. E Chips gli fece notare che poteva anche essere figlio di un altro, non era detto che fosse necessariamente suo. Poi Chips prese di petto Annabelle e la costrinse ad ammettere che non era matematicamente sicura di chi fosse il vero padre del bambino.»

«Mi ero sempre domandata il motivo per cui Daniel se ne fosse andato così precipitosamente. Voglio dire, era tutta l'estate che parlava dell'America e sapevo bene che voleva andarci. Ma poi tutt'a un tratto ecco che parte e non si fa più vedere.»

«Ed è rimasto lontano per ben undici anni.»

«Quando ha capito che la bambina era sua figlia?»

«Nel momento stesso in cui l'ha vista, seduta sul muraglione della diga a disegnare sotto la pioggia.»

«E come ha fatto a capirlo?»

«A quanto pare è il ritratto di sua madre da bambina.»

«Così non ci sono dubbi.»

«No, o almeno Daniel non ne ha.»

Phoebe rimase in silenzio. Dopo un po' sospirò di nuovo, un lungo respiro angosciato. «Oh, santo cielo!» esclamò, in mancanza di un'espressione più adeguata.

«Mi spiace, Phoebe. Lo so che non è una bella storia quella che mi è toccato raccontarti.»

«Forse per qualche strano motivo avevo già intuito la verità. Sono sempre stata molto legata a Charlotte, proprio come lo ero a te. E come in verità ero legata a Daniel. E poi avevo notato delle piccole cose in lei, dei gesti, che mi erano stranamente familiari. Il modo in cui tiene la matita, per esempio, con le dita tutte raccolte a grappolo. Daniel tiene la matita nello stesso identico modo.»

«Chips non ti aveva mai detto niente?»

«Non una parola.»

«Forse non avrei dovuto dirti niente nemmeno io. Ma

adesso, col rischio di dover affrontare qualche spaventosa rivelazione da parte della signora Tolliver, direi che è meglio che tu sappia qualcosa di questa storia.»

«Be', adesso qualcosa so. Che bel colpo di scena per un libro. Forse» aggiunse senza molte speranze «si tratta semplicemente di un problema con il tè dell'Associazione Femminile. E in questo caso la tua notizia bomba non sarà servita assolutamente a niente.»

«Tanto per cominciare non è la mia notizia bomba, e poi, se non ti avessi parlato io, sono sicura che l'avrebbe fatto Daniel. Inoltre lo sai benissimo che non si tratterà del tè dell'Associazione Femminile.»

Ormai non c'era più tempo per continuare la discussione. Per quanto fossi andata a passo di lumaca, avevamo già coperto il breve tratto che separava Holly Cottage da White Lodge. Ecco i cancelli, il vialetto ben tenuto, lo spiazzo di ghiaia davanti alla casa elegante. Ma oggi la porta d'entrata era aperta e, mentre ci avvicinavamo ai gradini, la signora Tolliver uscì e ci venne incontro. Mi chiesi se non fosse rimasta ad aspettarci, seduta in anticamera su una di quelle brutte e scomode sedie che sono destinate a essere usate in tutti i modi possibili – per appoggiarci sopra i cappotti, lasciarci dei pacchetti, e via dicendo – tranne che per sedercisi sopra.

A vederla, la signora Tolliver non aveva un filo fuori posto: indossava la solita gonna ben tagliata con una semplice camicetta e un cardigan di un vivace color corallo; intorno al collo aveva una collana di belle perle uguali a quelle che le decoravano le orecchie, e i suoi capelli grigi erano pettinati alla perfezione.

Ma la sua agitazione era fin troppo evidente. Aveva l'aria stravolta e la faccia a chiazze, come se poco prima avesse addirittura pianto.

Phoebe aprì la portiera della macchina.

«Oh, Phoebe, come sei stata gentile... non so come ringraziarti di essere venuta.» Si chinò per aiutare Phoebe a uscire dalla macchina e così facendo si accorse della mia presenza. Le rivolsi un sorriso stentato.

«È dovuta venire anche Prue, per accompagnarmi in macchina» intervenne seccamente Phoebe. «Non ti spiace se entra anche lei, vero?»

«Oh...» Era chiaro che la signora Tolliver non era entusiasta di questa prospettiva, ma il fatto che si limitasse a esprimere il suo disappunto con questa debole esclamazione ti dava l'idea di quanto fosse presa dalla sua preoccupazione più pressante. «No, no. Certo che no.» Per quanto mi riguardava, non avevo la minima voglia di entrare (in questi ultimi due giorni ne avevo avuto abbastanza delle Tolliver), ma era chiaro che Phoebe mi voleva con sé, e così, cercando di avere l'aria indifferente e al tempo stesso il più disinteressata possibile, scesi anch'io dalla macchina e seguii le due donne su per la scala di pietra, fin dentro casa.

L'ingresso aveva il pavimento a lastroni di pietra, coperto da tappeti persiani molto antichi. Una graziosa scala dalla ringhiera di ferro battuto portava ai piani superiori con una curva armoniosa. Mi richiusi la porta alle spalle e la signora Tolliver ci fece strada dall'ingresso nel suo salotto. Aspettò che fossimo entrate e poi chiuse con cura la porta, come se avesse paura che qualcuno potesse eventualmente mettersi ad origliare.

Era una stanza grande ammobiliata in maniera piuttosto formale, con alte finestre a ghigliottina che davano sul giardino. Il sole del mattino non era ancora entrato da quelle finestre e l'aria era fredda. La signora Tolliver rabbrividì.

«Fa freddo, spero che tu non abbia troppo freddo... è ancora così presto...» Il suo istinto di padrona di casa si fece strada, insopprimibile. «E se... accendessi il camino...?»

«Non ho freddo per niente» ribatté Phoebe. Scelse una poltrona e ci si sedette con decisione, ancora avvolta nella sua vistosa mantella e con le solide gambe incrociate alla caviglia, come una regina. «E adesso dimmi, mia cara, di che cosa si tratta?»

La signora Tolliver si avvicinò al camino vuoto e rimase là ferma, appoggiandosi con un braccio sul bordo della mensola, come bisognosa di un sostegno.

«Non so... non so proprio da dove cominciare...»

«Prova a cominciare dall'inizio.»

«Bene.» Tirò un profondo respiro. «Tu sai il motivo per cui Charlotte è qui da me?»

«Sì, perché nella sua scuola è scoppiata la caldaia.»

«Sì, certo, ma il vero motivo è che sua madre, Annabelle, è a Maiorca. È per questo che a casa sua non c'era nessuno a occuparsi di lei. Be', ieri sera ho ricevuto una telefonata... erano circa le nove e mezza...»

Tolse il braccio dalla mensola, tirò fuori un minuscolo fazzoletto bordato di pizzo e continuò a gualcirlo tra le mani mentre parlava. Sembrava che volesse farlo a pezzi.

«Era mio genero, Leslie Collis: Annabelle lo ha lasciato, non torna più da lui. Rimane con quell'uomo, un istruttore di equitazione. È uno del Sud Africa, e Annabelle vuole andare in Sud Africa con lui.»

L'enormità di questa dichiarazione ci tappò la bocca. Ero lieta di non dover fare commenti, ma diedi un'occhiata a Phoebe: se ne stava là seduta, ferma, immobile, ma sul suo viso nascosto dalla falda del grande cappello era impossibile decifrare una qualsiasi espressione.

«Mi spiace» disse alla fine, e la sua voce era piena di sincera simpatia.

«Ma, vedi, non è finita qui... non so proprio come dirtelo.»

«Immagino che si tratti di Charlotte» l'incoraggiò Phoebe.

«Sì, Leslie Collis dice che Charlotte non è sua figlia. A quanto pare l'ha sempre saputo, ma l'aveva accettata per amore di Michael, perché voleva tenere insieme la famiglia. In verità però la bambina non gli è mai piaciuta. Anch'io sapevo che non le era affezionato, anche se, naturalmente, non avevo mai capito perché. Quando ero loro ospite, la cosa mi faceva soffrire: era così impaziente con lei, e certe volte sembrava che nulla di quello che la bambina faceva gli andasse bene.»

«E non hai mai detto niente?»

«Non volevo intromettermi.»

«Mi è sempre sembrata una bambina molto sola.»

«Sì, è vero. Un pesce fuor d'acqua. E per di più non è mai stata graziosa e accattivante, come Annabelle da piccola. Non vorrei che pensaste che Leslie fosse poco gentile con lei, solo che pareva che tutto il suo tempo e il suo affetto fossero riservati solo a Michael... e che non ne avanzasse più un briciolo per Charlotte.»

«E sua madre?»

La signora Tolliver fece una risatina indulgente. «Ho paura che Annabelle non sia mai stata un tipo molto materno. Come me, del resto. Nemmeno io sono mai stata molto materna. Ma almeno, quando era piccola Annabelle, avevo meno problemi. A quel tempo mio marito era ancora vivo e potevamo permetterci una tata per Annabelle. E avevo anche dei collaboratori domestici, c'era sempre qualcuno che mi aiutava in casa. Avevo meno problemi» ripeté la signora Tolliver.

«E lo sapeva tuo genero che Annabelle aveva una relazione con quell'uomo... quell'istruttore?»

Visibilmente a disagio, come se Phoebe l'avesse deliberatamente insultata, la signora Tolliver distolse lo sguardo e prese in mano una pastorella di porcellana che stava sulla mensola. «Io... io non gliel'ho chiesto. Ma... tu la conosci Annabelle, Phoebe. È sempre stata...»

Si interruppe e io aspettai, piena di curiosità. Come avrebbe definito la sua unica figlia che, a quanto pareva, era una vera e propria ninfomane?

«...attraente. E piena di vita. Leslie era sempre a Londra e non passavano molto tempo insieme.»

«Così non lo sapeva» intervenne seccamente Phoebe. «O forse aveva solo dei sospetti.»

«Sì, forse lo sospettava soltanto.»

«Be',» continuò Phoebe, arrivando al nocciolo della questione «e adesso che cosa succederà a Charlotte?»

La signora Tolliver posò con cura la figurina di porcellana esattamente al suo posto, poi tornò a guardare in faccia Phoebe: le tremavano le labbra, o per l'indignazione o perché stava per piangere, impossibile dirlo.

«Charlotte non la rivuole. Dice che non è figlia sua, che non lo è mai stata e che, adesso che Annabelle lo ha lasciato, ha intenzione di lavarsene le mani, di quella bambina.»

«Ma non può farlo» esclamò Phoebe, fremente d'indignazione alla sola idea di quel modo di agire.

«Non so se possa farlo o no. Non so che cosa fare.»

«Allora deve stare con sua madre, Annabelle deve portarsela nel Sud Africa.»

«Non... non credo che Annabelle la vorrà.»

L'enormità di questa affermazione ci lasciò senza parole. Rimanemmo incredule a guardarla mentre diventava tutta rossa.

Alla fine Phoebe parlò senza mezzi termini. «Insomma, quello che intendi dire è che Annabelle vuole fare i fatti suoi senza avere Charlotte tra i piedi.»

«Non lo so. Annabelle...» Aspettai che ci dicesse adesso che Annabelle non provava più affetto per Charlotte di quanto non ne provasse Leslie Collis. Ma non si poteva pretendere un'ammissione del genere dalla signora Tolliver.«Non so che cosa sto cercando di dire, mi sento sotto un tiro incrociato. Mi spiace per la bambina, ma, Phoebe, non posso tenerla qui con me, sono troppo vecchia. Questa non è una casa adatta ai bambini, non ho la stanza dei giochi, non ho nemmeno più giocattoli. La casa delle bambole di Annabelle se n'è andata anni fa e ho regalato tutti i suoi libri per bambini all'ospedale.»

"Ecco perché Charlotte amava tanto quella giostra" pensai.

«E poi ho la mia vita, i miei impegni, le mie amiche. Non è che la bambina sembri molto felice qui. Se ne va in giro tutta immusonita per la maggior parte della giornata, senza dire o fare niente. Devo confessare che la trovo una bambina difficile. E Betty Curnow viene da me solo di mattina, non è come se avessi qualcuno che mi dà una mano sul serio... Io... non so proprio da che parte voltarmi, non so dove sbattere la testa.»

Fino a quel momento era riuscita a trattenere le lacrime, ma adesso non ce la faceva proprio più e perse il controllo, così si allontanò dal camino e si diresse verso la finestra, dove rimase voltandoci le spalle, come se fosse intenta ad ammirare il giardino. Probabilmente si vergognava delle sue lacrime, oppure voleva risparmiarci uno spettacolo imbarazzante (le lacrime delle donne di una certa età non sono belle a vedersi). Nella stanza si sentivano i suoi disperati singhiozzi.

Sapevo che ero di troppo e desideravo ardentemente una

scusa per allontanarmi. Lanciai un'occhiata implorante a Phoebe.

«Sai una cosa,» disse subito lei «credo che a tutte e tre farebbe bene una bella tazza di caffè bollente.»

La signora Tolliver non si voltò, ma dopo un attimo disse con voce strozzata: «Non c'è nessuno che lo possa preparare. Ho mandato Betty Curnow e Charlotte nel villaggio, perché Charlotte voleva comprare della Coca-Cola. L'abbiamo... non ce n'è più in casa. E poi mi sembrava una buona scusa per mandarla fuori. Non volevo che fosse presente mentre parlavo con te...»

«Posso andare io a fare un caffè.»

La signora Tolliver si soffiò il naso. Questo sembrò migliorare leggermente la situazione. Poi girò appena la testa e mi guardò da sopra la spalla: aveva la faccia gonfia e gli occhi velati di lacrime. «Non sai dove cercare le cose.»

«Posso dare un'occhiata in giro, se non le spiace che io entri nella sua cucina.»

«No, certo che non mi spiace. Come sei gentile a...»

Le lasciai. Uscii silenziosamente dal salotto, mi chiusi la porta alle spalle e per un attimo mi ci appoggiai, con un gesto teatrale che normalmente vedi fare solo al cinema. Anche se non riuscivo a farmela piacere,la signora Tolliver mi faceva comunque pena. Era impossibile non trovarla terribilmente patetica: tutt'intorno a lei il suo mondo, la sua vita bene organizzata stavano andando a pezzi. Dopo tutto, Annabelle era la sua unica figlia, e adesso il suo matrimonio era andato a rotoli e lei se ne andava con il suo nuovo amore dall'altra parte del globo, abbandonando i suoi due figli e tutte le sue responsabilità.

Ma soprattutto sapevo che il colpo più duro per l'orgoglio di una donna come la signora Tolliver era l'umiliante scoperta che Charlotte non era figlia di Leslie Collis, ma il frutto di uno sfortunato incidente durante una delle innumerevoli avventure di Annabelle (chissà se aveva una vaga idea di quale tra le tante, mi chiesi, e sperai, per il bene di noi tutti, che non ne avesse il benché minimo sospetto).

E Charlotte. *Quel faccino*! Preferivo non pensarci. Mi strappai a malincuore da lì e andai in cerca della cucina.

A forza di tentativi, dopo aver aperto a casaccio numerose antine e cassetti della credenza, riuscii finalmente a mettere insieme un vassoio, con tazze e piattini, una zuccheriera e dei cucchiaini. Riempii quindi il bollitore elettrico e trovai un barattolo di caffè istantaneo. Dei biscotti potevamo fare a meno, decisi. Quando l'acqua cominciò a bollire, la versai nelle tre tazze e portai il vassoio in salotto.

Erano ancora tutte prese da quella storia, ma la signora Tolliver pareva aver smesso di piangere durante la mia assenza e si era un po' ricomposta: adesso sedeva in un'ampia poltrona vittoriana di fronte a Phoebe.

«...forse» stava dicendo Phoebe «tuo genero ci ripenserà. Dopo tutto, Charlotte ha un fratello, e si sa che è molto brutto separare una famiglia.»

«Ma c'è una grande differenza di età tra Michael e Charlotte, e lui è anche più maturo. Non credo che abbiano mai avuto molto in comune...»

Alzò gli occhi quando comparvi sulla soglia della stanza e subito un sorriso di cortesia le si formò sulle labbra. Era proprio una signora a cui le buone maniere e il tocco salottiero venivano automatici, anche nei momenti di maggiore tensione.

«Grazie, Prue, sei molto gentile. Sei stata brava a trovare tutto.» Posai il vassoio su uno sgabello basso. «Oh!» e un leggero cipiglio le aggrottò la fronte. «Hai usato le mie tazze più belle.»

«Mi spiace, sono le prime che ho trovato.»

«Oh, non preoccuparti. Per una volta tanto, non ha importanza.»

Phoebe mescolò pensosamente il suo caffè. Mi sedetti anch'io e, per un attimo, il silenzio fu rotto soltanto dal tintinnio dei cucchiaini che mescolavano il caffè, come se ci trovassimo tutte e tre là per una circostanza piacevole. Poi Phoebe ruppe il silenzio.

«Secondo me,» disse «non è assolutamente il caso che Charlotte ritorni a casa. O almeno non prima che le cose siano sbollite un po' e che tuo genero abbia avuto il tempo di riprendersi.»

«Ma la sua scuola...»

«Non rimandarla in quella scuola. Non mi sembra molto raccomandabile, con la caldaia che scoppia a quel modo. Deve avere un'amministrazione inefficiente. E comunque Charlotte è fin troppo giovane per stare in collegio, e non ha senso che ci ritorni se la sua situazione familiare è in sfacelo. Roba da far venire un esaurimento nervoso a qualsiasi bambino!» Seduta, con tazza e piattino in grembo, fissò a lungo la signora Tolliver. «Devi agire con molta prudenza. È vero che non vuoi addossarti la responsabilità di Charlotte, e questo lo capisco benissimo, ma, per il momento questa responsabilità ce l'hai comunque, per quel che ne so. Hai una vita nelle tue mani, una giovane vita. È una bambina sensibile e dovrà già soffrire abbastanza quando verrà a sapere di sua madre. Cerchiamo almeno di fare in modo che non soffra più di quanto sia inevitabile.»

La signora Tolliver cominciò a dire qualcosa, ma Phoebe, con un piglio brusco insolito per lei, la ignorò e riprese a parlare.

«Come ho detto, capisco la tua situazione. E diventerà ancora più difficile più avanti. Per questo ritengo che sarebbe molto meglio per te essere sola qui, senza Charlotte in giro ad ascoltare discorsi o eventuali telefonate che è non il caso che senta. È una bambina intelligente e capirebbe istintivamente che c'è qualcosa che non va. Perciò ti suggerisco di dirle semplicemente che verrà a stare da me per un po' di tempo.»

"Oh Phoebe, che tesoro sei! Che tu sia benedetta, Phoebe!"

«Lo so che, in questo momento, sono una specie di relitto umano, ma Prue starà con me ancora per una decina di giorni e nei momenti di emergenza posso sempre contare su Lily Tonkins.»

«Ma è troppo, Phoebe.»

«Sono molto affezionata a Charlotte, staremo benissimo insieme.»

«Questo lo so. E so anche che stravede per te. Ma... oh, non vorrei che mi giudicassi ingrata... ma sembrerà così strano a tutti. Andarsene via da qui, da me che sono sua nonna, per venire a stare con te. Che cosa penserà la gente? Questo è un paese piccolo e sai bene che Lily Tonkins e Betty Curnow ne parleranno in giro.»

«Sì, certo, ne parleranno. La gente parla sempre. Ma vengano pure tutti i pettegolezzi del mondo, piuttosto che far soffrire ancora quella bambina. E poi» concluse Phoebe, posando la tazza vuota «abbiamo tutte e due le spalle larghe, e,» qui fece una risatina «diciamoci la verità, ormai stiamo diventando anche troppo coriacee perché un piccolo pettegolezzo possa darci fastidio.Che cosa ne dici allora?»

La signora Tolliver finalmente cedette, con evidente sollievo.

«Non mi vergogno di ammettere che una soluzione del genere mi renderebbe le cose molto, ma molto più facili.»

«Hai intenzione di chiamare ancora tuo genero?»

«Sì, gli ho detto che gli avrei telefonato stasera. Ieri rischiavamo tutti e due di farci prendere troppo la mano dall'emozione. Probabilmente lui aveva bevuto un po' troppo, non che io gli dia tutti i torti, data la situazione, e né lui né io riuscivamo a ragionare molto bene.»

«Allora potrai dirgli che Charlotte verrà a stare con me a Holly Cottage per un po' di tempo. E potrai anche comunicargli che la bambina non tornerà in quel collegio. Potremmo cercare di iscriverla qui, alla scuola del villaggio.»

«Sì, sì, lo farò.»

«Be', siamo d'accordo, allora.» Phoebe si alzò in piedi.«Tra parentesi, avevamo già programmato che Charlotte venisse stamattina a Holly Cottage: Prue la porta a fare un picnic. Preparale una valigia da portarsi dietro, ma non dirle niente di sua madre.»

«Ma bisognerà pur dirglielo!»

«Lo farò io, tu sei troppo coinvolta in questa faccenda, la cosa ti tocca troppo da vicino.»

Per un attimo ebbi l'impressione che la signora Tolliver volesse sollevare qualche obiezione, perché la vidi prendere fiato per dire qualcosa, ma poi incrociò lo sguardo di Phoebe e tacque.

«Benissimo, Phoebe.»
«Sarà più facile per tutti noi se glielo dico io.»

Allo stesso passo di lumaca ce ne tornammo a casa. Lungo il vialetto di White Lodge, passati i cancelli, oltre il boschetto di querce. Poi svoltammo dietro la chiesa e ci trovammo davanti la discesa verso casa, e vedemmo quel lungo lago azzurro che era l'estuario, l'acqua illuminata da barbagli di sole.

«Ferma la macchina un momento, Prue.»

Accostai la macchina al ciglio della strada e spensi il motore. Per un attimo ce ne rimanemmo là sedute come due spensierate turiste ad ammirare quello spettacolo familiare, come se non l'avessimo mai visto. Sulla sponda opposta si stagliavano le dolci colline, tutto un mosaico di minuscoli poderi che dormicchiavano al calore del sole mattutino. Un trattore rosso, rimpicciolito dalla distanza alle dimensioni di un giocattolo, era già all'opera e arava, attirando sulla sua scia uno stormo di gabbiani bianchi che riempivano l'aria dei loro stridìi.

Holly Cottage ci aspettava in fondo alla strada, nascosta oltre la cresta della collina: se ne stava laggiù a sonnecchiare al riparo dal vento della costa, crogiolandosi al sole. Ma qui sul ciglio del colle i venti del mare non si calmavano mai, e adesso un vento sottile appiattiva l'erba pallida che cresceva nei fossi ai lati della strada e cominciava a strappare le prime foglie dalla cima degli alberi che delimitavano l'antico cimitero.

«Che pace!» esclamò, come se pensasse ad alta voce. «Si direbbe che qui, fuori dal mondo, uno sia finalmente al sicuro. O almeno così pensavo quando sono arrivata qui per la prima volta insieme a Chips. Pensavo proprio di avercela fatta a scappare. Ma non c'è modo di sfuggire alla realtà. Alla crudeltà, all'indifferenza, all'egoismo.»

«Crudeltà, indifferenza, egoismo sono tutti vizi che fanno parte della natura della gente, e la gente è dappertutto.»

«E ha un grande potere distruttivo.» Phoebe rifletté per un attimo, poi disse con un altro tono di voce: «Povera donna!».

«La signora Tolliver? Sì, anche a me fa molta pena, ma ancora non riesco a capire perché si sia decisa a confidarsi *con te*.»

«Ma è ovvio, mia cara. Sa bene che io sono una vecchia peccatrice. Non dimenticherà mai in vita sua che io e Chips abbiamo allegramente vissuto nel peccato per anni. Poteva parlare con me di cose che mai avrebbe confessato ad altre amiche. Pensa ad esempio alla moglie del Colonnello Danby, o alla vedova del direttore della banca di Porthkerris... sarebbero rimaste scandalizzate. E poi, naturalmente, è stato un duro colpo al suo orgoglio, ed è questo che la fa soffrire di più.»

«Sì, lo credo anch'io. Ma tu sei stata splendida! Sei sempre fantastica, ma stamattina sei stata più fantastica del solito.»

«Be', non saprei.»

«Spero solo che tu non ti sia assunta un incarico troppo oneroso per le tue forze. Metti che Leslie Collis non voglia proprio avere più niente a che fare con Charlotte: te la dovresti tenere per sempre.»

«La cosa non mi dispiacerebbe, dopo tutto.»

«Ma, Phoebe...» mi interruppi, perché non puoi dire a una persona che ami che è troppo vecchia.

«Trovi che io sia troppo vecchia?»

«E ci sono anche altre cose. Anche tu, come la signora Tolliver, hai una vita tua. Perché dovresti essere tu tra voi due quella che ci rinuncia? E poi, siamo sinceri, stiamo tutte invecchiando, perfino io...»

«Io ho sessantatré anni e, se riesco a rimanere viva e pimpante per altri dieci, ne avrò soltanto settantatré. Una giovinetta, se pensi a Picasso, o ad Arthur Rubinstein.»

«Che cosa c'entrano loro?»

«E a quel tempo Charlotte avrà compiuto vent'anni e sarà in grado di badare a se stessa. Davvero non vedo che grandi problemi ci siano.»

Il parabrezza della Volkswagen era sporco. Trovai nella macchina uno straccio lurido e cominciai a dare al vetro una ripulita molto approssimativa. «Mentre ero in cucina a fare il caffè,» chiesi «ha per caso accennato in qualche modo a Daniel?»

«No, per niente.»

«E tu le hai detto qualcosa?»

«Ma sei matta?»

I miei tentativi di pulizia non facevano altro che peggiorare la situazione del parabrezza, così ricacciai lo straccio nel suo nascondiglio abituale.

«Viene qui stamattina, lo sai, per il picnic. Mi ero offerta di andarlo a prendere in macchina, ma mi ha detto che si sarebbe arrangiato da solo.»

«Capita proprio a fagiolo.»

La fissai. «Hai intenzione di raccontare tutto a Daniel?»

«Ma certo che gli racconterò tutto. Tre teste ragionano meglio di due e io sono fin troppo stanca di tutti questi segreti tra noi. Forse, se non fossimo stati così discreti, tutto ciò non sarebbe successo.»

«Oh, Phoebe, non sono molto d'accordo con te.»

«Be', forse hai ragione. Però adesso cominciamo a dirci francamente le cose, così almeno sapremo tutti come siamo messi. E inoltre Daniel ha il diritto di sapere.»

«Che cosa credi che farà?»

«Perché mai dovrebbe fare qualcosa?»

«Perché è il padre di Charlotte.»

«Il padre di Charlotte è Leslie Collis.»

Era esattamente quello che avevo detto io a Daniel, mentre ero seduta davanti al fuoco finto della sua stanza. Cercavo di essere realistica e ragionevole per rincuorarlo. Ma in fondo adesso gli eventi avevano preso una piega decisamente diversa.

«Può anche essere vero,» feci notare «ma questo non gli impedirà di sentirsi responsabile della bambina.»

«E che cosa pensi che farà, allora?»

«Non lo so.»

«Posso dirtelo io. Niente. Perché non c'è niente che possa fare. E anche perché, se anche ci fosse qualcosa, non la farebbe.»

«Come lo sai?»

«Perché conosco Daniel.»

«Lo conosco anch'io.»

«Come vorrei che lo conoscessi!»

«Che cosa vorresti dire?»

Phoebe sospirò. «Oh, niente. È solo che ho paura che tu ti sia innamorata di lui.»

Come al solito, lo disse in tono indifferente, come se stesse parlando di una cosa di nessuna importanza. E così mi colse alla sprovvista. Cercando di avere l'aria indifferente, anch'io le risposi: «Non credo di sapere che cosa voglia davvero dire innamorarsi. È una di quelle parole che non ha mai avuto senso per me. Come "perdonare". Non ho mai capito questa parola. Se non perdoni sei meschina,permalosa e vendicativa, ma se perdoni, allora sei un'ipocrita moralista.»

Ma Phoebe non si lasciò sviare da queste interessanti disquisizioni. «Be', allora diciamo che lo ami,» continuò imperterrita « forse preferisci metterla in questo modo.»

«Se proprio vuoi sapere che cosa provo esattamente, ti dirò che mi sembra di averlo sempre conosciuto, come se avessimo già un passato in comune. E che non voglio perderlo, perché credo che abbiamo bisogno l'uno dell'altra.»

«E questo ancor prima che ti rivelasse la magnifica saga di Annabelle?»

«Credo proprio di sì. Così, vedi, non è che mi faccia soltanto pena.»

«Perché diavolo dovrebbe farti pena? Ha tutto! È giovane, ha un grande talento, e adesso anche fama e denaro, con tutti i relativi vantaggi materiali.»

«Ma come puoi non tenere conto di quello che è successo tra Daniel e Annabelle? Sono undici anni che si sente in colpa perché non ha mai saputo se il figlio era suo o no. Non ti farebbe pena qualsiasi uomo che si portasse sulle spalle un tale carico di colpa per undici anni?»

«Se l'è voluta lui. E non c'era bisogno che scappasse.»

«Forse non è scappato, si è limitato a fare quello che gli ha detto Chips. Forse non aveva altra via di uscita.»

«Avete parlato di voi due?»

«Sì. Mi ha chiesto di andare in Grecia con lui. A Spetsai. Questo prima che mi raccontasse di Annabelle e Charlotte. Ma poi ne abbiamo riparlato e Daniel mi ha detto che sarebbe stato inutile, perché non poteva continuare a scappare dai suoi pensieri.»

«E tu ci saresti andata in Grecia?»

«Sì.»

«E poi?»

«Non lo so.»

«Mi sembra molto avventato da parte tua, Prue.»

«E tu mi sembri mia madre.»

«Anche a rischio di sembrare tua madre, che, tra parentesi non è affatto una stupida, devo proprio dirtelo: tu non conosci Daniel. È il tipico artista: instabile, irrequieto, privo di senso pratico.»

«Che manchi del minimo senso pratico lo so» intervenni sorridendo. «Una volta mi ha raccontato che aveva una macchina e che dopo tre anni aveva imparato soltanto come far funzionare il riscaldamento.»

Ma Phoebe ignorò il mio debole tentativo di fare dello spirito, e continuò imperterrita nel suo discorso.

«E non puoi nemmeno fare affidamento su di lui, perché è sempre preso dalla sua creazione del momento. In un certo senso questo lo rende una persona negativa. Irritante al massimo.»

«Oh, Phoebe, come puoi parlare così! Sai benissimo che lo adori.»

«È vero, Prue, lo adoro. Ma, mettilo di fronte alle decisioni e alle responsabilità della vita di tutti i giorni, e potrebbe avere una reazione totalmente imprevedibile.»

«Stai parlando di Daniel come potenziale marito?»

«Non intendo essere così indiscreta.»

«Tu lo conoscevi quando aveva vent'anni, non puoi giudicarlo da come era undici anni fa. Adesso è un uomo.»

«Sì, lo so, e naturalmente le persone maturano col tempo. Ma cambia poi tanto la personalità? Non vorrei proprio che tu soffrissi, Prue, sei una ragazza così speciale! E Daniel potrebbe farti soffrire. Non deliberatamente, certo, ma senza rendersene conto. Il suo lavoro gli riempie la vita e non so quanto spazio gli sia rimasto per gli affetti e per stare insieme alle persone a cui vuol bene e prendersene cura.»

«Forse potrei essere io a prendermi cura di lui.»

«Sì, probabilmente per un breve periodo sì. Ma non per sempre, temo. Non vedo come sarebbe possibile passare tutta la vita con un uomo che ha paura della stabilità, dei legami sentimentali, di essere preso in trappola.»

Era inutile discutere con lei. Rimasi in silenzio, fissando il parabrezza sporco davanti a me. La cosa strana era che in fondo eravamo tutte e due dalla stessa parte. Phoebe allungò il braccio e posò la mano sulla mia. Le sue dita erano calde, ma sentivo contro la pelle un senso di freddo, per la pressione dei suoi ingombranti anelli di foggia antiquata.

«Non costruire castelli in aria su Daniel. I tuoi sogni probabilmente non si realizzeranno mai. Se invece non ti aspetterai niente da lui, almeno non subirai delusioni.»

Stavo pensando a Charlotte. «Non credo che scapperà questa volta.»

«E io credo che non abbia scelta. Forse dovresti scappare anche tu, ritornartene a Londra, dare una sistemata alla tua vita, telefonare a quel simpatico giovanotto che ti ha portato quei crisantemi appassiti.»

«Oh, Phoebe.» Mi ci volle un leggero sforzo persino a ricordarne il nome. «Non erano appassiti quando me li ha dati.»

«Quando lo rivedrai, può darsi che tu lo veda con occhi diversi.»

«No, questo no. E comunque non è uno che riesce a farmi ridere.»

Nigel Gordon. Sapevo che ormai probabilmente non sarei più riuscita ad andare in Scozia.

«Be', devi decidere tu.» Mi diede un colpetto sulla mano, poi si appoggiò allo schienale del sedile, le mani in grembo. «Ecco che l'ho detto, che mi sono immischiata negli affari tuoi. Tanto per non avere la coscienza sporca. Adesso comunque è ora di andare a casa e informare Lily Tonkins che Charlotte verrà a stare da noi. Se mai esiste qualcosa in grado di farla smettere di cantare "Proteggici, o Signore!", questa è appunto la nostra novità. D'altro canto, visto che le sono sempre piaciuti i drammi, può anche darsi che la prenda bene. E poi da un momento all'altro Charlotte arriverà a Holly Cottage e noi abbiamo un picnic da organizzare, come se la vita non fosse già abbastanza complicata di per sé.»

Il picnic mi era proprio sfuggito di mente! Avrei preferito

che non si fosse sentita in dovere di ricordarmelo proprio adesso, pensai, mentre avviavo il motore.

«Be', strano» esclamò Lily quando le annunciammo che Charlotte sarebbe venuta a stare da noi. «Andarsene così dalla casa della nonna per venire qui!» Il suo sguardo passò dalla faccia innocente di Phoebe alla mia. Mi affrettai a sorridere, un sorriso luminoso che non diceva niente. «A pensarci bene non c'è poi troppo da meravigliarsi: la bambina sta quasi di più qui con noi che non dalla signora Tolliver. Tanto vale farle il letto qua e che sia finita.»

Phoebe parve sollevata. «Ottimo, Lily, e spero che la cosa non ti dia troppo lavoro in più. So che hai gà abbastanza da fare adesso, ma appena riesco a liberarmi da questo dannatissimo gesso...»

«Non si preoccupi, signorina Shakleton, ce la faremo benissimo. E poi non è che sia una di quelle bambine che danno problemi. È tranquilla e silenziosa come un topolino, e non mangia neanche tanto.» Spostò di nuovo lo sguardo dalla faccia di Phoebe alla mia e aggrottò la fronte. «Non è che sia successo qualcosa, vero?»

Ci fu un attimo di silenzio, poi Phoebe disse: «No, non proprio. Ma la signora Tolliver trova che sia un po'... un po' faticoso tenere Charlotte con sé a White Lodge. Probabilmente non riescono molto ad andare d'accordo e così abbiamo deciso che la soluzione migliore è che Charlotte venga a stare qui per un po'.»

«Be', si divertirà un pochino di più qui» osservò Lily. «Betty Curnow è una bravissima persona, ma non è mai stata quel che si dice un tipo divertente. "La Signorina snob", la chiamavamo quando eravamo a scuola insieme. E poi, quel suo matrimonio con un ufficiale sanitario non l'ha certo resa molto più allegra e spontanea.»

«Sì. Be', forse Joshua Curnow non è proprio l'uomo più allegro che ci sia, ma sono certa che è un ottimo marito per Betty» disse Phoebe conciliante, prima di riportare Lily sull'argomento in questione. «Dove potrebbe dormire Charlotte, secondo te?»

«La metteremo nel vecchio spogliatoio del signor Armitage. Il letto è fatto, ha solo bisogno di prendere un po' d'aria.»

«E c'è anche il picnic, non dimenticartelo, oggi vanno tutti a fare un picnic.»

«Certo. Ho fatto dei panini col prosciutto e ho preparato un po' di insalata in un contenitore di plastica. Poi c'è una torta al cioccolato con la glassa all'arancia...»

«Delizioso! Vorrei poter andare anch'io... le cose che mi piacciono di più... un picnic meraviglioso...» E Phoebe si avviò su per le scale per liberarsi della sua mantella e cambiarsi le scarpe. Dall'assito del piano di sopra sentimmo i suoi passi.

«Che cosa faremmo senza di te, Lily?» dissi. «Phoebe dice spesso che si può sempre contare su di te.»

«Ma che cosa dite!» esclamò Lily, compiaciuta.

«Posso darti una mano, dammi qualcosa da fare.»

«Potreste preparare i fagiolini per stasera. Se c'è una cosa che odio è mondare i fagiolini. Fatemi pelare tutte le carote di questo mondo, o datemi una bella barbabietola e sono felice come una Pasqua. Ma dover stare lì a togliere il filo e tutto il resto a quegli stupidi fagiolini, proprio non lo sopporto...»

Così, quando finalmente Charlotte arrivò, io ero in giardino al sole, seduta su una delle vecchie sedie da giardino di Phoebe a mondare i fagiolini. Appena sentii il motore di una macchina, posai coltello e cestino e mi avviai verso la porta d'ingresso. Phoebe e Lily erano già là. Betty Curnow aveva accompagnato Charlotte con la macchina della signora Tolliver. Charlotte era già scesa e Lily aveva aperto il bagagliaio per prendere la valigia della bambina. Charlotte indossava la sua giacca di flanella grigia e aveva la borsetta rossa a tracolla – quella era evidentemente la sua tenuta da viaggio. Mi chiesi che impressione poteva averle fatto prepararsi di nuovo per un altro viaggio, un'altra casa; essere sballottata da un posto all'altro perché nessuno la voleva, nessuno voleva sobbarcarsi l'onere di badare a lei.

«Ciao Charlotte.»

Si voltò e mi vide. «Ciao» disse, senza sorridere: era molto pallida e aveva gli occhiali di sbieco sul naso. I suoi capelli apparivano unti, come se avessero avuto bisogno di una bella lavata, e qualcuno, forse Charlotte stessa, li aveva pettinati con una scriminatura approssimativa, fermando il ciuffo davanti con una molletta di plastica blu.

«Che bello averti qui con noi! Vuoi venire di sopra a dare un'occhiata alla tua camera?»

«Va bene.»

Lily e Phoebe erano tutte prese dalla loro conversazione con Betty Curnow, così sollevai io la valigia e ci avviammo insieme verso la porta d'ingresso. Ma improvvisamente Charlotte si ricordò delle buone maniere e si fermò.

«Grazie mille di avermi accompagnata, signora Curnow.»

«Non c'è di che, tesoro» rispose Betty Curnow. «Vedi di fare la brava.»

Salimmo al piano di sopra. La stanzetta che era stata lo spogliatoio di Chips era accanto alla mia. Lily ci era passata con la rapidità di un tornado e tutto odorava di cera e biancheria pulita e inamidata. Phoebe era riuscita a trovare il tempo di raccogliere dei fiori per il tavolino da toilette, e la finestra aperta incorniciava lo stesso panorama di cui godevo dalla mia stanza, il giardino, la siepe di escallonia e, sullo sfondo, l'estuario in piena alta marea.

Era una stanzetta deliziosa, perfetta come dimensioni e proporzioni per una ragazzina, e mi aspettavo un minimo di entusiasmo da parte di Charlotte, ma il viso della bambina non tradiva nessuna emozione, come se quello che vedeva la lasciasse del tutto indifferente.

Posai per terra la valigia. «Vuoi togliere la tua roba adesso o più tardi?»

«Posso togliere soltanto il mio orsacchiotto?»

L'orsacchiotto, tutto appiattito, era in cima alla valigia. Charlotte lo prese e lo mise sul cuscino.

«E il resto?»

«Il resto non importa, lo tirerò fuori dopo.»

«Be', togliti la giacca, se vuoi, e poi vieni giù in giardino ad aiutarmi. Sto preparando i fagiolini per Lily Tonkins e mi serve qualcuno che mi dia una mano.»

Si tolse la borsa a tracolla rossa e la mise sul tavolino da toilette, poi si slacciò i bottoni della giacca di flanella grigia. Io presi una gruccia e gliela misi nell'armadio. Sotto la giacca portava una T-shirt blu e una gonna di cotone sbiadito.

«Hai bisogno di un maglioncino?»

«No, sto bene così.»

Scendemmo di nuovo da basso. Nella cassapanca dell'ingresso trovai una vecchia coperta e in cucina presi un altro coltello dal cassetto. Quando ritornammo fuori in giardino misi per terra la coperta e ci sedemmo tutte e due, con il cestino di fagiolini e il pentolone più grosso che avevo trovato nella dispensa tra noi due.

«Attenta a non tagliarti, i coltelli sono molto affilati.»

«Ho pulito fagiolini centinaia di volte.»

Silenzio.

«Non è una bella giornata? Non ti sei dimenticata del picnic, vero?»

«No.»

«Daniel ha deciso di venire, ormai sarà qui da un momento all'altro. Ha detto che avrebbe tentato di farsi dare un passaggio a Porthkerris.»

Silenzio.

«Volevo che Phoebe venisse con noi a Penjizal, ma mi ha detto che aveva paura che il vento la facesse volare giù dagli scogli. Ti sei ricordata di portare la Coca-Cola?»

«Sì, la signora Curnow mi ha detto che l'avrebbe data lei a Lily.»

«Lily ci ha preparato dei panini al prosciutto, come volevi tu. E una torta al cioccolato...»

Charlotte mi guardò. «Non c'è bisogno che tu cerchi di consolarmi, sai.»

Ebbi la netta impressione di avere fatto la figura della stupida.

«Scusami» le dissi.

Lei tornò ad occuparsi del fagiolino che stava tagliuzzando senza grande destrezza.

«Senti, Charlotte, non avevi voglia di venire qui a stare con Phoebe?»

«Non mi sono mai fermata qui a dormire.»

«Non... non capisco che cosa vuoi dire.»

«È successo qualcosa e nessuno me lo vuole dire.»

«Che cosa te lo fa pensare?» le chiesi preoccupata.

La bambina non rispose, ma poi notò un movimento alle mie spalle e alzò gli occhi. Mi voltai e vidi Phoebe che entrava dalla porta del giardino. Indossava ancora il cappello, ma, adesso che aveva abbandonato la sua mantella sgargiante, la sciarpa annodata intorno al collo si agitava al vento come una minuscola bandiera e le sue numerose catene d'oro luccicavano al sole. Con il braccio buono stava trascinando una sedia a sdraio e io mi alzai, precipitandomi a togliergliela di mano per sistemarla dove eravamo sedute noi due. Quando Phoebe si lasciò cadere sulla sdraio decisi che non c'era motivo di tergiversare oltre e le lanciai un'occhiata significativa.

«Charlotte e io stavamo chiacchierando» dissi. Phoebe mi guardò con uno sguardo calmo e sereno. Sapeva bene che cosa volevo dire. Mi accomodai di nuovo e presi il mio coltello. «Si sta domandando perché è qui.»

«Il motivo principale» rispose Phoebe, rivolgendosi direttamente a lei «è che ci fa piacere averti.»

«La mamma non ha intenzione di tornare da Maiorca, vero?»

«Che cosa te lo fa pensare?»

«È vero che non ritorna?»

«È vero» rispose Phoebe.

Presi un fagiolino e cominciai a mondarlo e a tagliarlo con cura a pezzetti.

«Lo sapevo» esclamò Charlotte.

«Ti spiacerebbe dirci come fai a saperlo?»

«Perché aveva questo amico che veniva spesso a trovarla. Si chiamava Desmond e aveva una scuola di equitazione vicinissima alla nostra casa di Sunningdale. Uscivano a cavallo insieme, poi lui veniva a bere o a mangiare qualcosa. È con lui che la mamma è andata a Maiorca.»

«Come lo sai?»

«Per via di una cosa che è successa una notte alla fine delle vacanze, prima che tornassi a scuola e scoppiasse la caldaia. Il papà era a Bruxelles per affari e io mi sono alzata di notte perché dovevo andare in bagno, poi mi è venuta sete e ho deciso di scendere giù da basso a prendere della Coca-Cola dal frigorifero. Non mi sarebbe permesso, ma certe volte vado lo stesso. E mentre ero a metà scala ho sentito delle voci. C'era un uomo che parlava, e in un primo momento ho pensato che fosse un ladro e che volesse uccidere la mamma, ma poi ha detto qualcosa e ho capito che era Desmond. Così mi sono seduta su un gradino e sono rimasta ad ascoltare. Parlavano di Maiorca. La mamma ha detto al papà che andava in vacanza con una vecchia compagna di scuola. L'ho sentita quando gliel'ha detto una mattina a colazione, ma sapevo che ci andava con Desmond.»

«Hai detto qualcosa a tuo padre?»

«No. Tanto il papà non mi ascolta mai. E poi avevo paura.»

«Avevi paura di tuo padre?»

«No, avevo solo paura, paura che la mamma se ne andasse e non tornasse più.»

«Lo sapevi che tuo papà ha telefonato alla tua nonna ieri sera?»

«Non dormivo ancora e ho sentito suonare il telefono. Il salotto della nonna sta proprio sotto la mia camera da letto e si sente quando qualcuno parla, anche se non si riesce a capire quello che dicono. Però l'ho sentita fare il suo nome, Leslie. E sapevo che era lui. Così ho pensato che forse telefonava per sapere come stavo. Ma poi stamattina c'era un'atmosfera così orribile in casa che ho capito che non aveva chiamato per quello. E la nonna era così strana e di cattivo umore e mi ha mandato al villaggio con Betty Curnow a comprare della Coca-Cola. Così ho capito che c'era qualcosa che non andava, perché al villaggio ho sempre avuto il permesso di andarci da sola.»

«Probabilmente tua nonna preferiva evitare che potessi sentire qualcosa che ti avrebbe preoccupato.»

«E poi, quando siamo ritornate a casa, la signora Curnow e io, la nonna mi ha detto che venivo a stare da voi.»

«Spero che la cosa ti abbia fatto piacere.»

Per tutto il tempo in cui aveva parlato, Charlotte era rimasta là seduta con gli occhi bassi, giocherellando con un fagiolino che aveva pian piano e deliberatamente fatto a pezzettini.

Adesso alzò gli occhi a guardare ansiosamente Phoebe, da dietro le lenti di quei brutti occhiali. Stava affrontando la situazione con coraggio e dignità. «Non torna più, vero?»

«No, va a vivere in Sud Africa.»

«E che cosa succederà a noi? A Michael e a me? Il papà non può badare a noi. So che non avrebbe problemi a occuparsi di Michael, fanno sempre delle cose insieme loro due, vanno a caccia o a vedere delle partite di rugby, eccetera. Ma so che non avrebbe voglia di badare a me.»

«Forse no» le rispose Phoebe. «Ma io lo farei volentieri. È per questo che ho pregato tua nonna di lasciarti venire a stare qui con me.

«Ma non *per sempre*?»

«Non esiste niente che duri per sempre.»

«E non rivedrò più il papà e Michael?»

«Certo che li rivedrai. Dopo tutto, Michael è tuo fratello.»

Charlotte arricciò il naso. «Non è che sia sempre molto gentile, non gli sono poi tanto affezionata.»

«È comunque tuo fratello. Forse gli farebbe piacere venire a stare anche lui qui da me le prossime vacanze. Ma immagino che lo voglia ospitare tua nonna.»

«Non ha voluto me» fece notare Charlotte.

«Questo non lo devi pensare. È solo che per lei non è facile avere in casa una persona della tua età. C'è parecchia gente che con i bambini proprio non ci sa fare, anche se sono delle bravissime persone.»

«Tu ci sai fare con i bambini» le disse Charlotte.

«È perché a me piacciono» rispose sorridendo Phoebe. «In particolare mi piaci tu. Ed è per questo che voglio che tu stia qui, almeno per questo periodo.»

«E la mia scuola?» Charlotte era ancora molto diffidente. «Devo ritornarci alla fine di questa settimana.»

«Ho parlato anche di questo con tua nonna. Ti piace la tua scuola?»

«No, la odio. Detesto dover stare sempre via da casa. E poi sono la più piccola là, non c'è nessuno minore di me, almeno non tra quelli che stanno in collegio. Ci sono delle ragazze che ci stanno solo di giorno, ma sono tutte amiche tra loro e poi si trovano a giocare durante il fine settimana e non mi vogliono con loro. Anch'io volevo frequentare solo di giorno, ma la mamma mi ha detto che è molto meglio frequentare da interna. Chissà perché dovrebbe essere meglio, a me è sembrato solo più orribile.»

«Allora non ti farebbe troppo dispiacere se non ritornassi là?»

Charlotte prese in considerazione la cosa con una certa cautela. Per la prima volta notai un' espressione che assomigliava alla speranza illuminarle brevemente la faccia. «Perché? Non sono costretta a tornarci?»

«No, secondo me no. Se vieni a stare qui sarebbe più semplice per tutti noi se tu frequentassi la scuola al villaggio. Nessuno là si ferma a dormire e credo che ti piacerebbe.»

«Non sono molto brava a scuola.»

«Non si può essere bravi in tutto. Tu sei brava a disegnare e a costruire cose. E, se ti piace la musica, hanno un ottimo maestro di musica e una vera orchestra e danno dei concerti. Conosco un ragazzino della tua stessa età che suona il clarinetto.»

«E io potrei andarci?»

«Se tu volessi, credo che si potrebbe fare.»

«Mi piacerebbe proprio.»

«Allora starai qui da me?»

«Vuoi dire... che non ritornerò più dal papà?»

«Sì,» le rispose con dolcezza Phoebe «forse voglio dire proprio questo.»

«Ma... ma hai appena detto... hai detto che niente dura mai per sempre.» Era quasi intollerabile dover vedere come le si stavano riempiendo gli occhi di lacrime. «Non posso stare con te...»

«Sì che puoi, fino a quando vuoi tu. Così, vedi, anche se è successo il peggio, non è poi la fine del mondo. Puoi sfogarti con Prue e con me e parlare delle cose che ti fanno soffrire. Non occorre più che ti tenga tutto per te. Non cercare più di essere forte e coraggiosa, non c'è niente di male a piangere...»

Fu come se cedesse un diga, le lacrime sgorgarono incontrollabili. La bocca di Charlotte si aprì nel pianto tipico dei bambini, ma i singhiozzi che le scuotevano il corpicino magro erano quelli di una sofferenza di un adulto.

«Oh, Charlotte...»

Phoebe si chinò in avanti sulla sedia, entrambe le braccia - anche quello irrigidito nel gesso - tese in un eloquente invito di conforto e affetto. In qualsiasi altro momento questo suo gesto così tipicamente espansivo sarebbe potuto apparire ridicolo, ma non adesso. «... vieni qui, tesoro.»

Charlotte si alzò in piedi, si buttò in quell'abbraccio asimmetrico e si appese al collo di Phoebe, affondandole la faccia nella spalla e mandandole il cappello di traverso.

Presi i fagiolini e il pentolone e rientrai in casa. Perché quello era un momento che apparteneva soltanto a loro due. E poi perché Charlotte era la figlia di Daniel. E poi ancora perché ero sicura che mi sarei messa a piangere anch'io.

La cucina era deserta. Dalla porta aperta sul retro vedevo Lily che stendeva ad asciugare una fila di candide salviette. Adesso era passata a un altro inno.

Stai lontano dal peccato,
non pronunciar parole d'ira.

Appoggiai i fagiolini e la pentola su un'estremità del tavolo di pino grezzo e poi salii nella mia stanza. Quella mattina avevo fatto il mio letto, ma Lily aveva passato la stanza di fino, come diceva lei, il che voleva dire che tutto odorava intensamente di cera per pavimenti e gli oggetti sul mio tavolino da toilette erano tutti in fila come soldatini. Sedetti sul bordo del letto, ma mi resi subito conto che non mi sarei messa a piangere, dopo tutto. Mi sentivo però svuotata, disorientata: era come se avessi passato quelle ultime tre ore nella sala buia di un cinema, tutta presa da un film appassionante, e adesso fossi di nuovo fuori in strada, così abbagliata dalla luce da procedere quasi alla cieca in un quartiere sconosciuto. Incapace di agire.

"La mamma non ha intenzione di tornare da Maiorca, vero? Tanto il papà non mi ascolta mai. Anch'io volevo frequentare solo di giorno, ma la mamma mi ha detto che è molto meglio frequentare da interna. La nonna non mi ha voluta."

Oh, Signore, il male che facciamo ai nostri bambini!

La finestra era aperta e le tende sventolavano alla brezza. Scesi dal letto e mi diressi alla finestra a guardare fuori, appoggiando i gomiti sul davanzale. Phoebe e Charlotte erano ancora sedute sull'erba. Le lacrime parevano ormai finite e non si sentiva altro che il mormorio rilassato di loro due che chiacchieravano. Charlotte era tornata a sedersi a gambe incrociate sulla coperta e stava intrecciando una collana di margherite. Mentre la osservavo mi ricordai di quando avevo io la sua età. I miei genitori avevano divorziato e io vivevo con mia madre, ma non mi era mai capitato di sentirmi non amata, non voluta o scaricata in qualche collegio. Quando andavo a stare da mio padre nel Northumberland desideravo solo che il treno corresse sempre più veloce mentre mi portava verso il nord. E ancora, quando lui mi veniva a prendere alla stazione di Newcastle, io volavo sul marciapiede per essere accolta in un vigoroso abbraccio che odorava di tweed.

Ripensai alla casetta di mia madre a Londra, alla camera che aveva decorato per me esattamente come la volevo io. Ai vestiti che mi comprava, che erano quelli che avevo il permesso di scegliere io stessa. A come mi divertivo alle lezioni di danza che frequentavo d'inverno, alle feste di Natale, a quando mi portava a vedere la pantomima al Palladium e *La Bella Addormentata* al Covent Garden.

E le spese da Harrod's, il frappè al cioccolato che mi veniva concesso come risarcimento per la noia del dover comprare i vestiti per la scuola. E le gite in barca lungo il Tamigi con un gruppetto di amiche e poi l'emozionante attesa di una visita alla Torre di Londra.

E sempre la Cornovaglia e Penmarron. E Phoebe.

"Oh, tesoro, che gioia rivederti!"

Phoebe. Tutt'a un tratto mi vennero mille paure per lei: che grossa responsabilità si era addossata così impulsivamente, spinta soltanto dall'affetto! Aveva sessantatré anni e si era già rotta un braccio cadendo da una vecchia sedia rósa dai tarli. E se non si fosse semplicemente rotta il braccio, ma l'anca, o il collo? E se avesse battuto la testa e fosse rimasta là sul pavimento dello studio con un trauma cerebrale, all'insaputa di tutti, e nessuno fosse venuto a cercarla? La mia immaginazione si rifiutava di contemplare questa orribile ipotesi, ma poi suo malgrado produceva fantasie alternative ancora più terribili.

Mi venne in mente Phoebe alla guida della sua vecchia macchina. Non aveva mai guidato con molta attenzione, sempre distratta com'era da quello che succedeva sulle strade di campagna o di città che percorreva, molto spesso al di là della riga di mezzerìa (tanto era convinta che bastasse semplicemente suonare di continuo il clacson e non poteva succederti niente di così terribile).

E se le fosse venuto un attacco di cuore e fosse morta? Succedeva a molte persone, perché non sarebbe dovuto capitare a Phoebe? E se un giorno d'estate fosse andata a fare una nuotata, come le piaceva fare? E se si fosse tuffata dalla diga vecchia, nel suo antiquato costume e con la cuffia da bagno di plastica, e non fosse più tornata a galla? Sembravano esserci infinite possibilità di disgrazia, e chi si sarebbe occupato di Charlotte se fosse successo qualcosa a Phoebe? E di nuovo la mia fantasia partì al galoppo, in cerca di una soluzione per l'ipotetico problema.

Chi avrebbe tenuto Charlotte? Io? In un appartamento al seminterrato? O mia madre? O magari mio padre? Era il tipo di persona che si sarebbe portato a casa un cane zoppo se l'avesse trovato in giro. Cercai di immaginarmi Charlotte a Windyedge, ma non ce la vedevo. La mia giovane matrigna avrebbe accolto con piacere qualsiasi bimba disposta a montare i suoi cavalli, pulire le scuderie, lucidare i finimenti e andare a caccia, ma con questa bambina, che voleva solo suonare il clarinetto e disegnare, non avrebbe avuto proprio niente in comune.

Avrei potuto rimuginare su quei tetri pensieri per un'eternità, ma fui riportata sulla terra dal treno del mattino proveniente da Porthkerris, che sferragliava lungo il tratto dietro la casa. Lo avvistai mentre affrontava con grande impegno la curva dell'unico binario e poi si fermava. Sembrava un treno giocattolo, di quelli che vanno a molla. Rimase là per un attimo e poi qualcuno fece un fischio e sventolò una bandiera verde, e il treno ripartì, allontanandosi dalla stazione e lasciandosi dietro sul marciapiede deserto una figura solitaria.

Daniel! Era qui per il picnic.

Non appena il treno fu ripartito, attraversò il binario, scavalcò uno steccato e si avviò seguendo la linea ferroviaria. Passò oltre il porticciolo dove le barche a vela dondolavano nell'acqua dell'alta marea e poi si arrampicò sulla vecchia diga. Indossava un paio di jeans con un maglione blu e un camiciotto di tela bianca.

Lo guardai avvicinarsi con quel suo lungo passo, le mani in tasca, e desiderai che fosse il tipo di persona a cui potevo portare tutti i miei problemi, proprio come quando correvo a rifugiarmi tra le braccia di mio padre alla stazione di Newcastle. Volevo essere abbracciata, rassicurata, amata. Volevo sfogarmi con lui e raccontargli tutto quello che era successo in quella interminabile mattina e sentirmi dire che non aveva importanza, che non dovevo più preoccuparmi di niente, che si sarebbe occupato lui di tutto...

Ma Phoebe, che voleva bene a Daniel, ne sapeva più di me.

"Mettilo di fronte alle decisioni e alle responsabilità della vita di tutti i giorni, e potrebbe avere una reazione totalmente imprevedibile."

Non volevo che fosse quel tipo di uomo. Volevo che si prendesse carico delle cose. Anzi, avrei voluto che l' avesse già fatto. Mentre lo osservavo avvicinarsi, sapevo però che, se quello che stava capitando a tutti noi fosse stata la trama di una storia di mia invenzione, allora questo sarebbe stato il momento della felice conclusione della vicenda : Daniel avrebbe trovato una soluzione a tutto, avrebbe preso decisioni e formulato piani. Immaginai una sequenza cinematografica, al rallentatore e con effetto *flou*: Daniel entra dal cancello nella siepe di escallonia e risale di corsa il prato a grandi passi fluttuanti nell'aria. Abbraccia Phoebe e si china a prendere la sua bambina per stringerla tra le braccia, poi mi chiama dalla finestra aperta. Parliamo del nostro futuro insieme. Musica di violini, sullo schermo appare la parola

«Fine». Poi arrivano i titoli di testa e tutti noi viviamo per sempre felici e contenti.

"Non costruire castelli in aria su Daniel. I tuoi sogni probabilmente non si realizzeranno mai." Torna sulla terra, Prue. Phoebe lo avrebbe preso da parte per raccontargli i fatti senza peli sulla lingua. Basta con i segreti, Daniel. Annabelle ha tagliato la corda e nessun altro vuole Charlotte. Nessun altro vuole tua figlia.

E lui? Che cosa avrebbe fatto? Mi rifiutavo di pensarci, non volevo sapere che cosa sarebbe successo poi.

Ormai era uscito dal mio campo visivo, nascosto dalla siepe. Chiusi la finestra e le voltai le spalle. Per caso mi vidi riflessa nello specchio sopra la toilette e trovai il mio aspetto talmente spaventoso che passai i cinque minuti seguenti a cercare di sistemarmi un po'. Mi lavai la faccia con un panno caldissimo, mi pulii le unghie con il sapone alla lavanda di Phoebe, mi spazzolai e pettinai i capelli. Poi presi da un cassetto una camicetta di cotone pulita, mi cambiai le scarpe, mi misi un po' di rimmel e mi diedi una spruzzata di profumo.

«Prue!» Era la voce di Charlotte.

«Sono qui nella mia camera.»

«Posso entrare?» La porta si aprì e Charlotte apparve sulla soglia. «È arrivato Daniel.»

«L'ho visto scendere dal treno.»

«Ma Phoebe l'ha portato giù nel suo studio. Dice che vuole mostrargli qualcosa che apparteneva a Chips. Dice che ci vorrà una decina di minuti. Che buon profumo!»

«È Dior. Uso sempre questo. Ne vuoi una spruzzatina?»

«Non ti dispiace?»

«Basta che non me lo consumi tutto.»

Si spruzzò addosso un po' di profumo, e annusò l'aria con un'espressione estatica. Presi il pettine e le riordinai un po' i capelli, raddrizzandole la scriminatura e chiudendo poi la molletta di plastica. Quando ebbi finito le dissi: «Forse è ora di andare in cucina a preparare il cestino del picnic. E non sarebbe male se tu portassi degli stivali di gomma e una giacca a vento».

«Ma oggi non pioverà.»

«Qui siamo in Cornovaglia, non si può mai sapere che tempo farà.»

Così, quando finalmente venne Phoebe a cercarci, eravamo in cucina. La vidi dalla finestra mentre percorreva lentamente il sentiero di mattoni che dal giardino e dallo studio portava alla cucina. Sola. Sembrava una persona anziana, mentre veniva verso di noi. Arrivò dalla porta del giardino e ci vide ferme in piedi ad aspettarla. Ci disse che Daniel se n'era andato: gli spiaceva molto, ma non poteva venire a fare il picnic con noi.

«Ma ce l'aveva promesso...» continuava a dire Charlotte, sull'orlo delle lacrime. «Aveva detto *che sarebbe venuto...*»

Phoebe intanto evitava di guardarmi negli occhi.

Così non andammo a Penjizal, dopo tutto. Per un motivo o per l'altro, nessuno di noi ne aveva più voglia ormai. Consumammo il nostro picnic proprio là, nel giardino di Holly Cottage. E non vedemmo le foche.

Prima che riuscissi a parlare con Phoebe da sola era arrivata sera.

«Perché se n'è andato?»

«Ti avevo avvertito» mi rispose Phoebe.

«Dov'è andato?»

«Non ne ho idea. È ritornato a Porthkerris, immagino.»

«Prendo la macchina,» dissi «vado da lui.»

«Non farlo.»

«Perché no? Non puoi impedirmelo.»

«Telefonagli prima, se proprio devi. Parla con lui, assicurati che ti voglia vedere.»

Andai subito a telefonare. Certo che voleva vedermi! Feci il numero del Castle Hotel e quando la ragazza del centralino mi rispose, chiesi di Daniel Cassens. Mi passò il banco della reception e una voce di donna mi disse che il signor Cassens era andato via. Aveva pagato la stanza e non aveva lasciato nessun recapito.

VII

Lavai la testa a Charlotte e con le forbici da cucito di Phoebe diedi una regolata alle punte dei suoi capelli. Puliti, avevano il colore delle castagne, con inaspettati riflessi color rame.

Phoebe telefonò al preside della scuola locale, poi accompagnò là Charlotte per un colloquio. La bambina tornò a casa tutta eccitata: avrebbe avuto una nuova uniforme, blu e bianca; avevano un tornio nell'aula di artistica; avrebbe imparato a suonare il clarinetto.

Mentre guardavamo la televisione vedemmo una graziosa ragazza che insegnava a fare una casa delle bambole con delle scatole di cartone. Andammo a Porthkerris in macchina e dal negoziante che vendeva alcolici ci facemmo dare quattro solidi scatoloni che avevano contenuto delle bottiglie di whisky. Comprammo un temperino per tagliare il cartone, dei barattolini di pittura e dei pennelli. Comprammo anche dei tubetti di colla. Arrivate a casa, ci mettemmo a misurare e a tratteggiare porta e pareti. La cucina si riempì di fogli di carta da giornale e ritagli di cartone, i nostri strumenti di lavoro.

Adesso nel cielo buio splendeva la luna nuova: era là sospesa a oriente come un sopracciglio d'argento e sulle nere acque dell'estuario galleggiava il suo pallido riflesso, scomposto in tremanti schegge di luce.

«Prue?»

«Che cosa c'è?»
«Dov'è andato Daniel?»
«Non lo so.»
«Perché se n'è andato?»
«Non so nemmeno questo.»
«Pensi che tornerà?»
«Credo di sì. Un giorno o l'altro.»
«Se ne vanno sempre tutti. Le persone che mi piacciono, voglio dire. All'inizio, quando Michael è andato a scuola, la casa mi sembrava strana senza di lui, così vuota e silenziosa. E una volta, quando ero molto piccola, a sei anni, avevo una tata che mi piaceva proprio tanto. Ma poi se n'è dovuta andare per occuparsi di sua madre. E adesso se n'è andato anche Daniel.»
«Lo conosci appena.»
«Ma ne ho sempre sentito parlare. Phoebe mi raccontava di lui. Mi faceva vedere sul giornale dove parlavano di lui, quando faceva le sue mostre in America, e poi mi raccontava parecchie cose di lui.»
«Però non lo conoscevi quasi. È stato qui per un giorno, o poco più, da quando l'hai conosciuto.»
«Ma non volevo che andasse via. Il picnic non c'entra e nemmeno andare a vedere le foche, quelle sono cose che possiamo fare quando vogliamo.»
«E allora perché?»
«Perché volevo dirgli delle cose, fargli vedere delle cose. Volevo fargli vedere la casa della bambola. E volevo anche chiedergli delle cose. Il papà non ha mai tempo di darmi delle risposte decenti quando gli chiedo le cose. E poi Daniel non ti tratta da bambina piccola, ti parla come se fossi una persona grande. Non ti verrebbe mai a dire che sei una rompiscatole o una stupida.»
«Be'... probabilmente avete parecchio in comune, vi interessano le stesse cose. Forse è questo il motivo per cui ti senti così vicina a lui.»
«Vorrei proprio che ritornasse.»
«È un uomo che ha molto da fare, un uomo importante. E adesso è diventato famoso, ci sono così tante cose che deve fa-

re. Vedi, un artista è... diverso dagli altri uomini, ha bisogno di essere libero. È difficile per uno come Daniel mettere radici, stare sempre nello stesso posto, sempre con le stesse persone.»

«Phoebe è un'artista e sta sempre nello stesso posto.»

«Phoebe è diversa, lei è speciale.»

«Lo so, è per quello che le voglio bene. Ma voglio bene anche a Daniel.»

«Non devi volergli troppo bene, Charlotte.»

«Perché no?»

«Perché è inutile volere troppo bene a qualcuno, se poi rischi di non rivederlo più... oh, non metterti a piangere, per favore non piangere. Purtroppo le cose stanno così ed è inutile che io o te ci illudiamo che la situazione sia diversa.»

Dipingemmo di rosso la porta e di nero le cornici delle finestre. Lily trovò una vecchia scatola per vestiti dal cui coperchio ritagliammo il tetto; disegnammo una linea divisoria al centro del tetto e lo piegammo, ed ecco i due spioventi. Dipingemmo le tegole.

Un giorno di pioggia e di forte vento Charlotte e io attraversammo i campi da golf per scendere alla spiaggia. C'era sabbia che volava da tutte le parti e i cavalloni arrivavano alla spiaggia da un chilometro, o più lontano ancora. I giunchi sulle dune erano appiattiti dal vento e i gabbiani abbandonavano la costa per volare verso l'interno, dove si libravano sopra i campi appena arati, riempiendo l'aria dei loro stridìi.

Non arrivarono né lettere né cartoline per Charlotte dal Sud Africa. Venimmo a sapere tramite Betty Curnow e Lily Tonkins che la signora Tolliver era andata a stare per qualche giorno da un'amica a Helford. E così il numero di persone che avevano tagliato la corda saliva a tre.

Con delle scatole di fiammiferi vuote costruimmo i mobili per la casa delle bambole; colorammo la carta con cui tappezzare le pareti. Saccheggiammo la borsa degli avanzi di stoffa di Phoebe e ricavammo dei tappeti dai bordi sfrangiati da alcuni ritagli di tweed. «Sembrano proprio veri» disse

Charlotte quando li disponemmo al loro posto, poi chiuse la porta della casa delle bambole e accostò la faccia alla finestra, godendosi tutti i minuscoli particolari di quel piccolo mondo in miniatura, così sicuro e tranquillizzante.

«Non sopporto di vederti così infelice» mi disse una sera Phoebe, ma io non avevo voglia di parlare di Daniel e finsi di non aver sentito.

Se n'era andato. Era tornato alla sua vita errabonda, alla sua incessante ricerca. Era tornato alla sua pittura, alla sua mostra, da Peter Chastal. Magari a quest'ora era già tornato in America. Forse, tra un bel po' di tempo, quando se la fosse sentita, mi avrebbe mandato una cartolina: me l'immaginavo cadere nella mia cassetta delle lettere sulla porta d'ingresso di Islington, una cartolina a colori vivaci che mostrava la Statua della Libertà o il Golden Gate, o il Fujiama.

Me la sto spassando, vorrei che ci fossi anche tu, Daniel. Avevo un futuro davanti a me, comunque: il mio lavoro, il mio appartamento, i miei amici. Sarei ritornata a Londra e avrei ripreso le fila di tutto. Ma mi sarei sentita sola, sola come mai mi ero sentita prima di allora.

Sognai di nuovo quel sogno, quello in cui nuotavo. Era lo stesso della prima volta: l'acqua dapprima bassa, poi profonda e calda; la corrente impetuosa, la sensazione di lasciarsi andare senza lottare contro questa forza. Non riguardava la morte, mi ricordai alla fine del sogno, non la morte, ma l'amore. Ma allora perché mi svegliai con le guance bagnate di lacrime?

Passavano i giorni, uno uguale all'altro, avevano perso qualsiasi identità per me, che non mi accorgevo nemmeno di quale giorno fosse, e di quale fosse passato. Poi improvvisamente arrivò il martedì, ed era ora di fare qualcosa di pratico. La sera prima, Phoebe aveva deciso che avrei accompagnato lei e Charlotte in macchina a Penzance, dove avremmo comprato la famosa uniforme bianca e blu per la scuola. Poi forse ci saremmo concesse il lusso di pranzare in un ristorante, oppure saremmo scese al porto a vedere se era arrivato il piroscafo dalle Isole Scilly.

Ma questi piani non si realizzarono perché quella mattina presto Lily Tonkins telefonò per comunicarci che Ernest, suo marito, si era sentito poco bene. Fu Phoebe a rispondere al telefono, e Charlotte e io rimanemmo là vicine ad ascoltare la voce tremula all'altro capo del filo.

«Sono stata sveglia tutta la notte» stava dicendo Lily.

«Oh, santo cielo.»

Lily scese nei particolari e Phoebe inorridì visibilmente. «Mio Dio!» Dopo di che affermò categoricamente che per nessun motivo al mondo Lily doveva abbandonare il marito sul suo letto di dolore prima che l'avesse visto il medico. Poi posò il ricevitore. Lily non sarebbe venuta al lavoro quel giorno.

Cambiammo rapidamente i nostri piani. Io sarei rimasta a Holly Cottage a fare un minimo di lavori di casa e preparare il pranzo, mentre Phoebe avrebbe chiesto al signor Thomas di accompagnare lei e Charlotte a Penzance con il suo fido taxi.

Charlotte si mostrò tutt'altro che entusiasta della prospettiva.

«Credevo che avremmo pranzato al ristorante.»

«Non sarebbe divertente senza Prue» le rispose decisa Phoebe. «Lo faremo un altro giorno, quando dovrò andare a parlare col direttore della banca, oppure a farmi sistemare i capelli.»

Così telefonammo al signor Thomas, che arrivò dopo dieci minuti con in testa il suo cappello da autista e con le ruote dell'automobile incrostate di letame. Phoebe e Charlotte salirono in macchina e io le guardai partire, poi rientrai in casa a occuparmi delle faccende domestiche della mattinata.

Non che ci fosse molto da fare, dato che Lily puliva la casa da cima a fondo ogni giorno: una volta fatti i letti, pulito il bagno e tolta la cenere dal camino del soggiorno, tutto pareva più o meno come al solito. Andai in cucina a farmi una tazza di caffè e poi cominciai a pelare le patate. Era una giornata grigia e immobile, noiosamente tranquilla, si sentiva la pioggia in arrivo. Finite le patate, mi infilai un paio di stivali di gomma e scesi nell'orto a prendere un cavolfiore. Mentre rientravo sentii una macchina che arrivava sulla strada che portava a Holly Cottage. Diedi un'occhiata e vidi che era passata soltanto un'ora da quando erano partite Phoebe e Charlotte. Impossibile che la loro spedizione fosse finita così presto.

Quando la macchina attraversò il ponte della ferrovia ebbi la certezza che stava dirigendosi verso Holly Cottage, perché eravamo l'ultima casa della strada, che era a fondo chiuso e finiva con i cancelli sbarrati del cantiere navale in disuso.

Rientrai in fretta. Arrivata in cucina posai il coltello e il cavolfiore sullo scolapiatti e poi, sempre con il grembiule di Lily intorno alla vita e gli stivali ai piedi, attraversai l'ingresso e uscii.

Là sulla ghiaia era parcheggiata una macchina sconosciuta – un'Alfa-Romeo verde scuro, lunga ed elegante, e inzaccherata per il viaggio. Lo sportello del posto di guida era già aperto e al volante sedeva Daniel, gli occhi fissi sulla mia faccia. In quella mattinata avvolta da una nebbiolina immobile non si sentivano molti rumori. Poi, da molto lontano, udii stridere alcuni gabbiani che volavano basso sopra la sabbia deserta dell'estuario. Lentamente Daniel uscì dalla macchina e si raddrizzò con movimenti cauti, inarcando la schiena e massaggiandosi nel frattempo la nuca. Indossava la sua solita strana accozzaglia di indumenti disparati e sul mento aveva un'ombra scura di barba non fatta. Sbatté la portiera della macchina e questa si chiuse con un tonfo solido, elegante, intonato a quella vettura di lusso. Poi pronunciò il mio nome.

E così ebbi la prova che era vero: non era a Londra,non era a New York, non era a San Francisco. Era qui. Era tornato. A casa.

«Che cosa stai facendo?» gli chiesi.

«Secondo te che cosa sto facendo?»

«Di che è quella macchina?»

«Mia.» Ancora tutto anchilosato, si mosse verso di me.

«Ma se tu odi le macchine!»

«È vero, ma è mia lo stesso, l'ho comprata ieri.» Mi raggiunse, mi mise le mani sulle spalle e si chinò a baciarmi la guancia. Mi sentii grattare la pelle dal suo mento ruvido. Alzai gli occhi a guardarlo: aveva la faccia pallida, grigia di stanchezza, ma gli occhi gli brillavano di una segreta allegria.

«Quello che hai addosso è il grembiule di Lily.»

«Lily non c'è oggi, Ernest è ammalato. Non ti sei fatto la barba.»

«Non ne ho avuto il tempo. Sono partito da Londra alle tre di questa mattina. Dov'è Phoebe?»

«Lei e Charlotte sono andate a fare delle spese.»

«Non hai intenzione di farmi entrare?»

«Sì, sì, certo, scusami. Solo che tu eri l'ultima persona che mi aspettavo di vedere. Vieni, ti faccio del caffè, o uova e pancetta se vuoi mangiare qualcosa.»

«Del caffè lo berrei volentieri.»

Entrammo in casa. Dopo il freddo umido dell'esterno, si stava bene dentro al calduccio. Feci strada a Daniel nell'ingresso e lo sentii chiudere la porta alle nostre spalle. In cucina vidi il cavolfiore e il coltello dove li avevo lasciati, accanto al lavandino, e, per un attimo, mi domandai che cosa ci facevano là, tanto ero disorientata.

Riempii il bollitore elettrico, inserii la spina nella presa e lo accesi. Quando mi girai vidi che Daniel aveva preso una sedia e si era seduto a capo del lungo tavolo di pino: teneva un gomito sul tavolo e si strofinava gli occhi con la mano, nel vano tentativo di cancellare le tracce della sua stanchezza.

«Non ho mai guidato tanto a lungo o a tale velocità in vita mia, credo» disse, poi scostò la mano e alzò gli occhi verso di me: mi ero dimenticata quanto erano scuri, con quelle pupille rotonde e scure come olive nere. Sembrava ancora esausto, ma c'era qualcosa d' altro in lui, un senso di esultanza, forse, che non riuscivo a definire, perché non l'avevo mai visto prima di allora.

«Che cosa mai ti ha spinto a comprare la macchina?»

«Volevo ritornare da tutte voi e quello mi è parso il sistema più rapido.»

«Hai scoperto come funziona il riscaldamento?»

Non era un gran battuta, ma servì a rompere la tensione.

Sorrise. «Non ancora. Come ti ho detto, ce l'ho soltanto da

un giorno.» Incrociò le braccia sul tavolo e disse: «Phoebe mi ha raccontato tutto, sai. Riguardo ad Annabelle e Leslie Collis e la signora Tolliver».

«Sì, lo so.»

«E Charlotte.»

«Sì.»

«Ci è rimasta male Charlotte per il picnic?»

«Sì.»

«Non potevo restare, Prue, dovevo andarmene. Dovevo essere solo, capisci?»

«Dove sei andato?»

«Sono ritornato a Porthkerris. A piedi, passando dalle dune e lungo la scogliera. Poi, arrivato in albergo, ho fatto la valigia, ma senza avere idea di che cosa avrei fatto dopo. Alla fine ho telefonato a Lewis Falcon; era da quando ero arrivato quaggiù che volevo mettermi in contatto con lui, ma per un motivo o per l'altro non ci ero mai riuscito. È stato grande: gli ho detto chi ero e anche che non ci eravamo mai incontrati. E lui mi ha risposto che sapeva chi ero io, perché Peter Chastal gli aveva parlato di me, e mi ha chiesto perché mai non andavo a trovarlo a Lanyon? Così gli ho detto che, OK, sarei andato,ma avevo bisogno di un letto per un paio di giorni, e lui mi ha risposto che non c'erano problemi. Così ho pagato il conto dell'albergo e ho preso un taxi fino a Lanyon.

«Falcon è un uomo meraviglioso, estremamente simpatico e niente affatto curioso. Ho scoperto da lui che potevo staccare la spina, per così dire, è stato come se abbassassi una specie di saracinesca tra me e tutto quello che mi aveva raccontato Phoebe. Qualcosa come lo schermo protettivo di cui parlano gli psicanalisti. Mi ha mostrato il suo studio e abbiamo guardato le sue cose e abbiamo parlato di lavoro come non fosse esistito niente altro al mondo per nessuno dei due.

«È andata bene per un paio di giorni, ma poi ho capito che dovevo ritornare a Londra. Così mi ha accompagnato alla stazione e ho preso il treno della mattina.

«Arrivato a Londra sono andato alla galleria a parlare con Peter. Ero ancora in quello straordinario stato mentale... era come essere isolato dalla realtà; la saracinesca era ancora abbassata e io sapevo che dietro c'erano Annabelle e Charlotte, ma per il momento avevano semplicemente smesso di esistere e io non potevo fare altro che continuare a vivere la mia vita di tutti i giorni come se nulla fosse accaduto. Così non ho detto niente a Peter. Tra parentesi, la mostra è ancora aperta e viene parecchia gente a visitarla. Mentre bevevamo una birra seduti nel suo ufficio, osservavo i visitatori dalla porta di vetro, come se fossero stati dei pesci rossi in un vaso. Erano i miei quadri quelli che stavano guardando, ma mi sentivo totalmente distaccato: niente, né i miei quadri né il pubblico sembravano avere qualcosa a che fare con me.

«Poi ho salutato Peter e me ne sono andato fuori a fare un giro: era un bellissimo pomeriggio e ho camminato per chilometri e chilometri lungo l'argine del Tamigi, finché non mi sono accorto di essere a Millbank e mi sono ritrovato davanti alla Tate Gallery. La conosci?»

«Sì.»

«Ci vai ogni tanto?»

«Spesso.»

«Conosci la collezione Chantrey?»

«No.»

«Sono entrato nella galleria e mi sono diretto alla sala dove è esposta la collezione Chantrey. Là c'è un quadro di John Singer Sargent, un olio piuttosto grande: *Carnation Lily, Lily Rose*. Ci sono due ragazzine in un giardino che accendono delle lanterne giapponesi: indossano vestiti bianchi con il colletto pieghettato. Tutt'intorno ci sono gigli e rose rosa. Una delle ragazzine ha i capelli corti e scuri e il collo molto lungo, bianco e fragile come lo stelo di un fiore. Potrebbe essere Charlotte.

«Non so quanto tempo sono rimasto là fermo, ma dopo un po', mi sono accorto che la saracinesca protettiva molto lentamente stava alzandosi e al tempo stesso sono stato colto da istinti straordinari che avevo sempre ignorato di possedere - tenerezza, senso di protezione, orgoglio. E poi rabbia. Mi stavo arrabbiando con tutti loro: con Annabelle, con suo marito e sua madre, ma soprattutto con me stesso. Che diavolo stavo facendo, mi sono chiesto, quando quella bambina era mia figlia e io ero suo padre, maledizione? Che specie di senso aveva scaricare tutte le mie responsabilità su Phoebe? La risposta era semplice, anche se poco lusinghiera: me ne stavo là a far niente, e non facevo niente da ben tre giorni a questa parte. Marcavo il tempo e basta, come si diceva a scuola. E non arrivavo da nessuna parte, non combinavo un bel niente.

«Mi sono staccato dal quadro, sono sceso e ho cercato un telefono. Ho chiamato il servizio informazioni e mi sono fatto dare il numero della signora Tolliver. Poi ho telefonato a White Lodge e lei non c'era..»

«È andata a trovare un'amica a Helford» spiegai a Daniel, ma fu come se non avessi aperto bocca.

«...ma ha risposto la sua governante e io le ho detto che ero un amico di Leslie Collis e volevo mettermi in contatto con lui, così mi ha dato il numero della ditta in cui lavora alla City.»

Il bollitore stava bollendo, ma pareva che entrambi ci fossimo dimenticati del caffè. Tolsi la spina, andai a prendermi una sedia e mi misi all'altra estremità del tavolo, in modo che Daniel e io fossimo uno di fronte all'altro divisi dal lungo piano di legno grezzo.

«Così ho fatto un'altra telefonata. A Leslie Collis. Gli ho detto che volevo parlare con lui. Sulle prime mi ha risposto che non era il momento opportuno, ma poi ho insistito dicendo che era urgente e così alla fine mi ha concesso quindici minuti o poco più se fossi andato subito da lui.

«Sono uscito dalla Tate e ho preso un taxi per andare al suo ufficio. La City mi è parsa bellissima, mi ero scordato di quanto fosse bella, con tutti quei palazzi imponenti e le stradine strette, e quegli scorci di Saint Paul che ti ritrovi davanti all'improvviso appena girato l'angolo. Un giorno devo tornarci e fare qualche disegno...»

Le parole gli morirono sulle labbra, aveva perso il filo del discorso.

«Leslie Collis» gli ricordai con dolcezza.

«Ah, sì, certo.» Alzò la mano e se la passò tra i capelli, poi si mise a ridere. «È stato un colloquio così assurdo! Tanto per cominciare io avevo l'aria anche più da barbone del solito: devo aver avuto la barba lunga e la camicia che avevo sul treno, poi avevo un paio di scarpe da tennis ai piedi. Bucate in punta, per di più. Lui, invece, era tutto tirato a lucido nella sua tenuta da lavoratore della City, colletto inamidato, vestito gessato e così via. Eravamo la coppia di antagonisti più strana del secolo. Comunque mi sono seduto e ho cominciato a parlare e, non appena ho nominato la signora Tolliver e Charlotte, lui ha subito deciso che ero venuto là per ricattarlo ed è balzato in piedi, si è messo a gridare e ha minacciato di chiamare la polizia. Allora ho cominciato a urlare anch'io, tanto per farmi sentire, e per un paio di minuti c'è stato un pandemonio con noi due che ci accusavamo a vicenda, rivendicavamo la nostra responsabilità, la negavamo, davamo all'altro tutte le colpe, davamo la colpa ad Annabelle.

«Ma alla fine, proprio quando me lo vedevo fulminato da un infarto, lasciandomi così con un cadavere sulla coscienza (come se già non mi bastasse tutto il resto), a Collis è venuto il sospetto che forse, dopo tutto, non ero un criminale intenzionato a estorcergli tutti i suoi capitali fino all'ultimo soldo. E da quel momento la situazione è migliorata. Ci siamo seduti di nuovo, ha acceso una sigaretta, e siamo ripartiti da capo.»

«Non mi dirai che lo hai trovato *simpatico,* spero.»

«Perché? Tu no?»

«Quando l'ho visto quella mattina sul treno, l'ho trovato una persona orribile.»

«Non è poi così male.»

«Ma uno che si rifiuta di avere Charlotte...»

«Lo so. È disgustoso. Ma in un certo senso riesco a capire il suo punto di vista. È un tipo ambizioso, si è fatto un mazzo così lavorando tutta la vita per fare soldi e soddisfare le sue ambizioni. Credo che adorasse davvero Annabelle, ma, probabilmente sapeva anche fin dall'inizio che lei era totalmente incapace di rimanergli fedele. E ciononostante ha tenuto duro, le ha dato tutto quello che voleva, le ha comprato la casa a Sunningdale perché il ragazzo potesse crescere in campagna. Annabelle aveva la macchina, la cameriera, un giardiniere, le vacanze in Spagna, e libertà assoluta. «Le ho dato tutto» continuava a dire lui. «Ho dato proprio tutto a quella donna, dannazione!»

«Ha capito subito che Charlotte non era figlia sua?»

«Sì, certo che lo ha capito. Erano tre mesi che non vedeva Annabelle e poi lei se ne torna dalla Cornovaglia e gli dice che è incinta. Per qualsiasi uomo dotato di un minimo di orgoglio questo è un bel calcio nelle palle.»

«E perché non l'ha fatta finita con lei, allora?»

«Voleva tenere insieme la famiglia, è molto affezionato a suo figlio. E non voleva perdere la faccia con gli amici.»

«Però non ha mai voluto bene a Charlotte.»

«Non puoi dargli tutti i torti in questo caso.»

«Ti ha detto esplicitamente che non le voleva bene?»

«Più o meno. Mi ha detto che era subdola,che diceva bugie.»

«Se le diceva, la colpa era sua.»

«È quello che gli ho detto io.»

«Spero che questo l'abbia spiazzato.»

«Non più di tanto: ormai eravamo arrivati al punto in cui avevamo messo tutte le carte in tavola e potevamo insultarci a vicenda a piacimento, senza che l'altro se la prendesse troppo. Era quasi come se fossimo diventati amici.»

Era difficile da immaginare. «Ma di che cosa avete parlato?»

«Di tutto, praticamente. Io gli ho spiegato che Charlotte sarebbe stata con Phoebe e alla fine ha ammesso che la cosa gli faceva piacere. Ed è stato anche contento di sentire che Charlotte non sarebbe ritornata in quella scuola. Era stata Annabelle a sceglierla, ma secondo lui non meritava la retta immensa che gli toccava sganciare ogni trimestre. Gli chiesi che cosa ne sarebbe stato del ragazzo, Michael, ma Collis sembrava convinto che con lui non ci sarebbero stati problemi. Ha quindici anni ed è a quanto pare un ragazzo maturo, in grado di badare a se stesso e cavarsela da solo. In complesso alla sua età ormai non ha più tanto bisogno della madre e, visto il modo in cui questa si comporta, è molto meglio che il ragazzo sia fuori dalla sua sfera di influenza. Così Leslie Collis ha intenzione di vendere la casa di campagna e trovare qualcosa a Londra, dove abiterà insieme a Michael.»

«Mi spiace per il ragazzo.»

«Anche a me. In verità mi spiace per tutti quelli che sono

coinvolti in questo sordido pasticcio. Ma, dopo tutto, non credo che avrà grossi problemi: suo padre è molto orgoglioso di lui e loro due sembrano essere ottimi amici.»

«E Annabelle?»

«Collis ha parlato con il suo avvocato e hanno già iniziato le pratiche per il divorzio. Non è un uomo che si lasci crescere l'erba sotto i piedi.»

Aspettai che continuasse, ma lui per il momento aveva finito così parlai io: «E quindi siamo al punto di prima. Che cosa ne sarà di Charlotte? O non ne avete parlato?».

«Ma certo che ne abbiamo parlato! Era lì che tendevano tutti i nostri sforzi.»

«Leslie Collis sa che sei suo padre?»

«Naturalmente, è stata la prima cosa che gli ho detto. E non la rivuole con sé.»

«E Annabelle? Che intenzioni ha a proposito di Charlotte?»

«Non la vuole nemmeno lei. Ma se anche la volesse, non credo che Leslie Collis le permetterebbe di riavere la bambina. Chiamala pure una questione di uva acerba, se vuoi, ma in fondo è la cosa migliore per Charlotte.»

«Perché?»

«Perché, mia carissima Prue, se Leslie Collis non vuole Charlotte e Annabelle nemmeno, allora non ci sono difficoltà perché l'adotti io.»

Rimasi immobile come una statua, fissandolo incredula.

«Ma non sarà possibile!»

«Perché no?»

«Non sei sposato.»

«La legge è cambiata. Adesso anche un "single" può adottare un bambino. Certo, ci vuole più tempo per avere l'approvazione del tribunale, e ovviamente ci sono molti più intralci burocratici da superare, ma è una cosa perfettamente possibile. A condizione, naturalmente, che Annabelle dia il suo consenso, ma non vedo perché non dovrebbe.»

«Ma tu non hai una casa, non hai dove abitare.»

«Sì che ce l'ho: Lewis Falcon è partito per il sud della Francia. Starà là a lavorare per un paio d'anni e mi ha detto che,se volevo, mi avrebbe affittato la sua casa con studio annesso a Lanyon. Così starò da quelle parti. Non penso che potrò tenere con me Charlotte finché l'adozione non sarà stata approvata in tribunale, ma spero che Phoebe possa continuare a farle da vice-madre fino a quel momento.»

«Oh, sembra... sembra fin troppo bello per essere vero.»

«Lo so. E, come ti ho già detto, la cosa più straordinaria è che alla fine di tutto questo mi sembrava addirittura che Leslie e io fossimo diventati quasi amici, che ci capissimo. Siamo usciti a pranzo insieme - in un posto da due soldi dove nessuno dei suoi colleghi avrebbe mai rischiato di vederlo con un barbone come me. Alla fine del pasto poi c'è stata un'altra ridicola pantomima, quando tutti e due abbiamo tentato di pagare il conto: nessuno dei due voleva in qualche modo sentirsi debitore nei confronti dell'altro. Alla fine siamo arrivati a un accordo e abbiamo fatto alla romana. Poi siamo usciti dal ristorante, ci siamo salutati, e io ho promesso di farmi vivo ogni tanto. Mentre Collis tornava a piedi in ufficio, io ho preso un taxi e sono tornato alla galleria per parlare con Peter Chastal.

«Sapevo che dovevo trovarmi un bravo avvocato, ma non ne ho mai avuti né di buoni né di cattivi, perché ha sempre fatto tutto Peter per me. Se è per questo, non ho mai nemmeno avuto un commercialista, o una banca, o un agente. Peter si è sempre occupato di tutto fin dal primo giorno in cui sono andato da lui, immaturo e privo di ogni esperienza, mandato da Chips. È stato fantastico. Mi ha messo in contatto con il suo avvocato e poi è andato a informarsi di quanti soldi avevo da parte (ho scoperto che ne ho almeno il quadruplo di quanto non mi aspettassi), e poi mi ha detto che era ora che entrassi nel mio nuovo ruolo di padre di famiglia, e che quindi dovevo superare la mia diffidenza per tutto ciò che era meccanico e procurarmi una macchina. Così sono andato a comprarmela. Poi Peter e io abbiamo cenato insieme, dopodiché mi sono reso conto che non vedevo l'ora di rivedervi tutte e che non ce l'avrei fatta ad aspettare un minuto di più, così sono salito in macchina e sono partito per la Cornovaglia.»

«E adesso non trovi qui né Phoebe né Charlotte.» Mi sentivo quasi più delusa di lui.

Ma Daniel si limitò a dire: «Sono contento che non ci siano, perché la cosa più importante che ho da dirti riguarda proprio te. O meglio, più che di una comunicazione, si tratta di una richiesta: vado in Grecia, in vacanza. Parto tra una decina di giorni. Ti ho già parlato della casa su Spetsai e ti ho già chiesto di venire con me, ma adesso te lo chiedo di nuovo. Ho prenotato due posti sul volo per Atene. Se Lily e Phoebe ce la fanno a occuparsi di Charlotte, vuoi venire con me?». La casa a forma di zolletta di zucchero che ormai disperavo di poter vedere, il terrazzo con i gerani, e la barca con la vela simile a un'ala di gabbiano. «Vieni con me, Prue.»

I miei pensieri erano già corsi in avanti a programmare: tutte le cose che avrei dovuto fare e le persone da avvertire – mia madre, Marcus Bernstein. E poi avrei dovuto scrivere una lettera al povero Nigel Gordon.

«Sì» risposi.

Dai capi opposti del lungo tavolo ci guardammo a lungo negli occhi, poi Daniel improvvisamente sorrise e disse: «Ci conosciamo così poco noi due. Chi l'ha detto,tu o io?».

«Tu.»

«Dopo due settimane in Grecia ci conosceremo molto meglio.»

«Sì, credo proprio di sì.»

«Dopodiché, quando saremo ritornati, forse potremo pensare di tornare insieme a Lanyon. Certo, prima ci toccherà sposarci, ma adesso non è ancora il caso di parlarne. È meglio di no. Dopo tutto, né tu né io vogliamo ancora impegnarci, non è vero?»

In verità non c'era niente al mondo che desiderassi di più. Non solo, ma, dal modo in cui Daniel mi stava guardando, era chiaro che anche per lui valeva lo stesso discorso.

«È vero» gli risposi sorridendo. «Non vogliamo impegnarci ancora.»

Quando ritornò il taxi del signor Thomas con a bordo Phoebe e Charlotte, con tutte le loro spese, eravamo ancora in cucina, anche se non più seduti ai capi opposti del tavolo. Sentimmo la vecchissima automobile arrivare rumorosamente sulla strada e entrare dal cancello, e uscimmo insieme a salutarli.

Il signor Thomas, trovandosi inaspettatamente di fronte alla macchina di Daniel parcheggiata davanti alla casa, rimase sconvolto perché non aveva più lo spazio per girare il suo taxi. Ma Phoebe era già saltata giù dalla macchina e, scenografica nella sua migliore mantella di tweed marrone, stava cercando di dargli indicazioni.

«Un po' più a sinistra, signor Thomas. No, no, non volevo dire a sinistra, volevo dire a destra...»

«Phoebe» la chiamò Daniel.

Si voltò e lo vide.

«*Daniel!*»

Il signor Thomas e i suoi problemi furono immediatamente dimenticati. Disgustato, spense il motore e se ne restò là cupamente in trappola, con il radiatore della sua macchina incollato a quello di Daniel, le ruote posteriori contro la cordonatura di mattoni che proteggeva i confini di Phoebe.

Daniel le andò incontro e si abbracciarono forte, tanto che il cappello di Phoebe finì tutto a sghimbescio.

«Tu, razza di tipaccio, dove sei stato?» chiese Phoebe, dandogli un pugno affettuoso sulla spalla con il braccio buono.

Comunque non gli diede nemmeno il tempo di risponderle, perché proprio in quel momento mi vide oltre la sua spalla, là ferma in piedi, ancora con il grembiule di Lily intorno alla vita, e stampato sulla faccia un sorriso che non sarei riuscita a cancellare nemmeno se avessi fatto tutti gli sforzi possibili. A questo punto Phoebe mollò Daniel e venne da me e, benché non avesse la minima idea di che cosa fosse successo, di quello che stava succedendo e di quello che sarebbe successo, io vidi la mia stessa felicità riflessa sul suo viso, e ci abbracciammo strette strette e ci mettemmo a ridere tutte e due, perché Daniel era ritornato e all'improvviso tutto era perfetto e andava a gonfie vele.

E poi anche Charlotte... Ci ricordammo di Charlotte nello stesso momento e la vedemmo scendere con circospezione dal sedile posteriore della vecchia macchina, le braccia cariche di una pila pericolosamente instabile di pacchi, pacchettini e scatole avvolte in carta da regalo. Sapevo che ci osservava da un po' e che si teneva in disparte, convinta probabilmente che non ci fosse posto per lei, Charlotte, in quella affettuosa riunione di famiglia. Poi, stando attenta a non sbatterla, chiuse con il piede la portiera del taxi. Quando si voltò, il mento premuto con forza a tenere fermo il pacchetto in cima alla pila, si trovò di fronte Daniel. Pian piano inclinò la faccia a guardarlo, senza batter ciglio dietro a quei suoi grandi occhiali da gufo. Per un momento ci fu silenzio, mentre si guardavano negli occhi. Poi Daniel sorrise e disse: «Ciao, amore mio, sono tornato».

E spalancò le braccia. Charlotte non chiedeva altro.

«Oh, Daniel...»

Pacchi e pacchettini cominciarono a scivolare giù. La bambina li lasciò cadere a terra e si lanciò verso Daniel, che la prese tra le braccia e la fece roteare in alto, senza smettere, mentre i pacchetti se ne rimanevano dimenticati là per terra, dove erano caduti, alla rinfusa, sulla ghiaia.

OSCAR BESTSELLERS

Follett, Il Codice Rebecca
Bevilacqua, La califfa
Follett, L'uomo di Pietroburgo
Ludlum, Il treno di Salonicco
Cruz Smith, Gorky Park
Krantz, La figlia di Mistral
García Márquez, Cronaca di una morte annunciata
Forsyth, Il giorno dello sciacallo
Follett, Triplo
Follett, La cruna dell'Ago
Tacconi, La verità perduta
Fruttero & Lucentini, Il palio delle contrade morte
Follett, Sulle ali delle aquile
Krantz, Princess Daisy
Forsyth, Il quarto protocollo
De Crescenzo, Così parlò Bellavista
Forsyth, L'alternativa del diavolo
Robbins H., Ricordi di un altro giorno
Forsyth, Dossier Odessa
Robbins H., I mercanti di sogni
Lapierre - Collins, Il quinto cavaliere
Forsyth, I mastini della guerra
Freeman, Illusioni d'amore
Bevilacqua, Il curioso delle donne
Fruttero & Lucentini, A che punto è la notte
Lapierre - Collins, "Parigi brucia?"
Puzo, Il padrino
Lapierre - Collins, Gerusalemme! Gerusalemme!
Tacconi, Lo schiavo Hanis
De Crescenzo, Storia della filosofia greca. I presocratici
Le Carré, La spia che venne dal freddo
De Crescenzo, Storia della filosofia greca. Da Socrate in poi
Higgins, La notte dell'Aquila
Lapierre - Collins, Alle cinque della sera
Bevilacqua, La donna delle meraviglie
Krantz, Conquisterò Manhattan

Conroy, Gli intoccabili
Fruttero & Lucentini, L'amante senza fissa dimora
Follett, Un letto di leoni
Lapierre - Collins, Stanotte la libertà
Pilcher, I cercatori di conchiglie
Russo, Uomo di rispetto
Manfredi, Lo scudo di Talos
Harris T., Il silenzio degli innocenti
Le Carré, La spia perfetta
De Crescenzo, Oi dialogoi. I dialoghi di Bellavista
Bevilacqua, Una città in amore
Follett, Lo scandalo Modigliani
Rutherfurd, Sarum
James P.D., Un lavoro inadatto a una donna
Wood, Verde città nel sole
Brown C., Il mio piede sinistro
Forsyth, Nessuna conseguenza
Follett, Alta finanza
Le Carré, La tamburina
Wolfe, Il falò delle vanità
De Carlo, Due di due
Bevilacqua, Una misteriosa felicità
Pilcher, La tigre che dorme
Forsyth, Il negoziatore
Bevilacqua, La grande Giò
De Crescenzo, Vita di Luciano De Crescenzo scritta da lui medesimo
Turow, Presunto innocente
Manfredi, Palladion
Freeman, L'ultima principessa
Krantz, Fino al prossimo incontro
Ellroy, Dalia nera
Williams T., Il canto di Acchiappacoda
West, I giullari di Dio
Neville, Il segreto del Millennio
Pilcher, Sotto il segno dei Gemelli
Cruz Smith, Stella polare
Higgins, Avviso di tempesta
Bevilacqua, Il viaggio misterioso
Pilcher, La casa vuota
McBain, Un'ombra sulla spiaggia
James P.D., La torre nera
Tacconi, La Signora di Atlantide
Le Carré, La casa Russia
Ellroy, Il grande nulla
Du Maurier, Mia cugina Rachele
Asimov, Nemesis
James P.D., Una notte di luna per l'ispettore Dalgliesh
Manfredi, L'oracolo
Bevilacqua, La festa parmigiana
Spencer, Amore senza fine
Coscarelli, Fortunate e famose
Katzenbach, Facile da uccidere
James P.D., Per cause innaturali
Pilcher, I giorni dell'estate
McBain, Tre topolini ciechi

Grisham, Il momento di uccidere
Bevilacqua, Il gioco delle passioni
Le Carré, La talpa
Bevilacqua, Una scandalosa giovinezza
Ellroy, Los Angeles. Strettamente riservato
James P.D., Copritele il volto
Le Carré, Tutti gli uomini di Smiley
Benni, Bar Sport
Le Carré, Lo specchio delle spie
Fruttero & Lucentini, Enigma in luogo di mare
Turow, L'onere della prova
Krantz, La signora della Casa Grande
Pilcher, Autoritratto
McBain, Vespri
Forsyth, Il simulatore
De Crescenzo, Elena, Elena, amore mio
Sgorlon, Il guaritore
De Crescenzo, Zio Cardellino
Sgorlon, La conchiglia di Anataj
Bergonzoni, Le balene restino sedute
Cacucci, Puerto Escondido
Pilcher, Settembre
Gallmann, Sognavo l'Africa
Wood, Il tempo dei sogni
James P.D., Un indizio per Cordelia Gray
Cornwell, Oggetti di reato
Ellroy, Le strade dell'innocenza
Grisham, Il rapporto Pelican
Grafton, D come delitto
Fowles, La donna del tenente francese
Follett, Notte sull'acqua
Grimaldi, Il sospetto
Ellroy, Perché la notte
Bevilacqua, Umana avventura
Collins J., Amore odio e desiderio
Pilcher, Neve d'aprile
Simmons, Hyperion
Le Carré, Il visitatore segreto
Sclavi, Sogni di sangue
Christie, Assassinio sull'Orient-Express
Asimov, Viaggio allucinante
Brooks, La spada di Shannara
James P.D., Una mente per uccidere
McBain, Vedove
Castellaneta, Villa di delizia
Sclavi, Tre
Brooks, Le pietre magiche di Shannara
Leonard, Il Corvo
Harris R., Fatherland
Muhsen, Vendute!
Sgorlon, La foiba grande
Brooks, L'unicorno nero
Tacconi, Masada
Franceschini - Buffa - Giustolisi, Mara Renato e io
Cardella, Volevo i pantaloni

Brooks, Il magico regno di Landover

Du Maurier, La prima moglie (Rebecca)

Charrière, Papillon

Brooks, La canzone di Shannara

Zecchi, Estasi

James P.D., Sangue innocente

Pilcher, Fiori nella pioggia

Pilcher, Voci d'estate

Ellroy, La collina dei suicidi

Sgorlon, Racconti della Terra di Canaan

Grisham, Il socio

Brooks, La regina degli Elfi di Shannara

Petacco, I ragazzi del '44

Le Carré, La pace insopportabile

Rutherfurd, Russka

Rushdie, I versi satanici

Sclavi, Apocalisse

Hyde, China Lake

Grimaldi, La paura

Ruesch, Paese dalle ombre lunghe

Brooks, Il druido di Shannara

Pilcher, Il giorno della tempesta

D'Orta, Io speriamo che me la cavo

Harris T., Drago rosso (Il delitto della terza luna)

James P.D., Un gusto per la morte

Brooks, Mago a metà

Weis - Hickman, I draghi della notte d'inverno

Bergonzoni, È già mercoledì e io no

Cornwell, Quel che rimane

Krantz, Scrupoli 2

Villaggio, Caro Direttore, Ci scrivo...

Le Carré, Ingenuo e sentimentale amante

Rendell, Il mistero della brughiera

Sgorlon, La carrozza di rame

Brooks, Gli eredi di Shannara

Pilcher, Profumo di timo

Rendell, Il volto del peccato

AA.VV., I grandi della risata

Castellaneta, Cerchi nell'acqua

Gage, Pandora

Ignatieff, Asya

D'Eramo, Ultima luna

AA.VV., In principio era il male

Freedman, Linea di difesa

Lapierre, Più grandi dell'amore

De Crescenzo, Croce e delizia

Des Cars, La maudite

Le Carré, Un delitto di classe

Sgorlon, Il patriarcato della luna

Rendell, Oltre il cancello

Travaglio, Stupidario del calcio

Donaldson, L'oro bianco

Hill, La signora De Winter

Bevilacqua, Un cuore magico

Le Carré, Chiamata per il morto

Turow, Harvard, Facoltà di legge
Gregory, La stagione dell'arcobaleno
D'Orta, Dio ci ha creato gratis
Rivers Siddons, Le amicizie di Kate
Hoving, Tutankhamon
Sgorlon, Il Caldèras
Saviane, Getsèmani
Dolto, Adolescenza
Campanaro, Il caso Billie Holiday
Pinna, Cinque ipotesi sulla fine del mondo
Weis - Hickman, La stella degli elfi
Dolto, Quando i genitori si separano
Angela - Pinna, Oceano. Il gigante addormentato
Williams M., La leggenda di Weasel
Chang, Le donne e il Tao dell'amore
Buscaglia, La coppia amorosa
Pasini, Intimità
Schelotto, Strano, stranissimo, anzi normale
Parsi, I quaderni delle bambine
Buscaglia, Amore
Dolto, Come allevare un bambino felice
De Felice, Intervista sul fascismo
Allegri, Padre Pio
Moody, La vita oltre la vita
Moody, La luce oltre la vita
Asimov, Destinazione cervello
Asimov, Cronache della Galassia
Asimov, Il tiranno dei mondi
Petacco, Le battaglie navali del Mediterraneo nella Seconda guerra Mondiale
Silvestri, Caporetto
Mandruzzato, Il piacere del latino
Cardini, Francesco d'Assisi
Zweig, Maria Antonietta
Cartier, La seconda guerra mondiale
Gerrold, L'anno del massacro
Asimov, Tutti i racconti (vol. I, parte I)
Weis - Hickman, I draghi del crepuscolo d'autunno
Heinlein, Fanteria dello spazio
Asimov, Il sole nudo
Asimov, L'orlo della Fondazione
Asimov, Lucky Starr e gli anelli di Saturno
Spinosa, Edda. Una tragedia italiana
Petacco, Dear Benito, Caro Winston
Gibson, Monna Lisa Cyberpunk
Farmer, Il grande disegno
Guerri, Gli italiani sotto la Chiesa
Coscarelli, L'eredità
Sherwood, Vindication
Sgarbi, Onorevoli fantasmi

Bocca, La Repubblica di Mussolini
MacBride Allen, L'Anello di Caronte
Curcio - Scialoja, A viso aperto
Toso, Il colore del mattino
Brooks, I talismani di Shannara
Greer, La seconda metà della vita
D'Orta, Romeo e Giulietta si fidanzarono dal basso
Utley, Toro Seduto
AA.VV., Aforismi su denaro, ricchezza e povertà
Rocca, Avanti, Savoia!
Ellroy, White Jazz
Durrani, Schiava di mio marito
Cornwell, Postmortem
Asimov, La fine dell'eternità
Grisham, Il cliente
Vacca, Il medioevo prossimo venturo
Asimov, Tutti i racconti (vol. I, parte II)
Salk, Kingdoms
Salvi, 101 Buddhanate Zen
Le Carré, Una piccola città in Germania
Pilcher, La camera azzurra e altri racconti
Regan, Il Guinness dei fiaschi militari
Resca - Stefanato, Scoppia il maiale, ferito un contadino
Chang, Il Tao dell'amore
Abrescia, Enciclopedia di Dylan Dog
Sterling, Cronache del basso futuro
Turow, Ammissione di colpa
Asimov, Il meglio di Asimov
Sclavi, Tutti i misteri di Dylan Dog
Ravera, In quale nascondiglio del cuore
Blatty, Gemini Killer
Fraser, Le sei mogli di Enrico VIII
Cruz Smith, Red Square
Sclavi, Tutti gli incubi di Dylan Dog
Ballestra, Compleanno dell'iguana
Weis - Hickman, I draghi dell'alba di primavera
Gibson, La notte che bruciammo Chrome
Campbell, Il racconto del mito
Pellegrino, Diario di uno stupratore
Jacquin, Storia degli indiani d'America
Blatty, L'esorcista
Sgorlon, Il trono di legno
Cervari, L'Immortale
Pasini, Volersi bene, volersi male
AA.VV., Vita di padre Pio attraverso le lettere
Asimov, Preludio alla Fondazione
Zavoli, La notte della Repubblica
Castellaneta, Navigli

Fogle, 101 domande che il vostro cane vorrebbe fare al suo veterinario

De Crescenzo, Raffaele

Cillario, Parola di Benito

Messori, Opus Dei

Asimov, Il paria dei cieli

Asimov, Il crollo della Galassia centrale

Asimov, Fondazione e Terra

Asimov, I robot dell'alba

Asimov, Abissi d'acciaio

Asimov, Il club dei Vedovi Neri

Storr, Solitudine

Mack Smith, Le guerre del Duce

Pasini, La qualità dei sentimenti

McBain, Mary Mary

Moggach, La controfigura

Togawa, Un bacio di fuoco

Forattini, Bossic Instinct

Salvalaggio, Il campiello sommerso

Drummond, Prigionieri d'amore

Anderson, La Pattuglia del Tempo

Gibson - Sterling, La macchina della realtà

Todisco, Rimedi per il mal d'amore

Farmer, Il labirinto magico

Filo Della Torre, Elisabetta II

Carmichael, Attrazione selvaggia

Angela, La straordinaria storia della vita sulla Terra

AA.VV., Stupidario giuridico

Iacchetti, Il pensiero bonsai

Baschera, Io ti guarirò

Petacco, La regina del Sud

Roe, Pratiche pericolose

Nizzi, Nick Raider. Squadra Omicidi

Wood, Vergini del Paradiso

Gibson, Giù nel Ciberspazio

Dolto, Il desiderio femminile

Willi, Che cosa tiene insieme le coppie

Hayslip - Wurts, Quando cielo e terra cambiarono posto

Vespa, Telecamera con vista

Angela, La straordinaria storia dell'uomo

Petacco, La principessa del Nord

Dé, Notti stellate

Tacconi, Il pittore del Faraone

Forattini, Il mascalzone

Bazzocchi, Incredibile ma vero...

Brooks, Il ciclo di Shannara

Venè, Mille lire al mese

Moody, Nuove ipotesi sulla vita oltre la vita

Monduzzi, Manuale per difendersi dalla mamma

Asimov, Azazel

Mafai, Pane nero

Asimov, Lucky Starr e gli oceani di Venere

Brown D., Seppellite il mio cuore a Wounded Knee

Asimov, Il libro di biologia
Asimov, Lucky Starr e il grande sole di Mercurio
Gìes, Si chiamava Anna Frank
Mosse, Intervista sul nazismo
Bonelli - Galleppini, Tex l'implacabile
Asimov, I robot e l'Impero
Tremonti, La riforma fiscale
Grisendi, Giù le mani, maschio
AA.VV., Gli aforismi del cinico
Rea, Ninfa plebea
Pasini, Il cibo e l'amore
Forsyth, Il pugno di Dio
Follett, Una fortuna pericolosa
Nolitta - Ferri, Zagor contro il Vampiro
Masini, Le battaglie che cambiarono il mondo
Pilcher, Le bianche dune della Cornovaglia
Norman, Stelle infrante
Castelli - Sclavi, Dylan Dog & Martin Mystère
Irving, Göring, il maresciallo del Reich
Weis - Hickman, La guerra dei gemelli
Pensotti, Rachele e Benito
Gerosa, Carlo V, un sovrano per due mondi
Sclavi, Tutti i mostri di Dylan Dog
Spinosa, Cesare, il grande giocatore
Asimov, Le correnti dello spazio
Asimov, Neanche gli Dèi
Asimov, L'altra faccia della spirale
Buscaglia, Nati per amare
Ka-Tzetnik 135633, La casa delle bambole
Loy, Sogni d'inverno
Zecchi, Sillabario del nuovo millennio
Grisham, L'appello
AA.VV., Storie fantastiche di spade e magia (vol. I)
Castellaneta, Le donne di una vita
Resca - Stefanato, Il ritorno del maiale
Davis, Philadelphia
Sgorlon, Il regno dell'uomo
McBain, Kiss
Asimov, Tutti i racconti (vol. II, parte I)
Asimov, Tutti i racconti (vol. II, parte II)
Rendell, La morte non sa leggere
Benford, Il grande fiume del cielo
Farmer, Gli dei del fiume
Manfredi, Le paludi di Hesperia
Di Stefano, Stupidario medico
Collins L., Aquile nere
Daniele, Chi è felice non si ammala
August - Hamsher, Assassini nati. Natural Born Killers
Ottone, Il tramonto della nostra civiltà

AA.VV., Storie fantastiche di spade e magia (vol. II)

Giacobini, La signora della città

Vespa, Il cambio

Ross, La camera chiusa

Petacco, La Signora della Vandea

Sgarbi, Le mani nei capelli

Disegni, Esercizi di stile

Fischer, Più importante dell'amore

Toscano, Morte di una strega

Fromm, L'arte di amare

García Márquez, Dell'amore e di altri demoni

Buscaglia, La via del toro

Salvalaggio, Vangelo veneziano

Cardella, Una ragazza normale

Thompson, L'angelo bruciato

Katzenbach, La giusta causa

Castellaneta, Progetti di allegria

Villaggio, Fantozzi saluta e se ne va

Rendell, I giorni di Asta Westerby

Allegri, I miracoli di Padre Pio

Quilici, I Mari del Sud

Brooks, La sfida di Landover

Brooks, La scatola magica di Landover

Bocca, Il sottosopra

Follett, I pilastri della terra

Buscaglia, Vivere, amare, capirsi

Spaak, Un cuore perso

Giussani, I mille volti di Diabolik

Le Carré, Il direttore di notte

Sclavi, Tutte le donne di Dylan Dog

Medda, Serra & Vigna, Nathan Never. Memorie dal futuro

Lapierre, La città della gioia

García Márquez, Taccuino di cinque anni 1980-1984

Høeg, Il senso di Smilla per la neve

Borsa, Capitani di sventura

Bonelli - Galleppini, Tex, Sangue Navajo

Carr, L'alienista

AA.VV., Splatterpunk

Nasreen, Vergogna (Lajja)

Regan, Il Guinness degli aneddoti militari

Dick, Memoria totale

Rendell, La leggerezza del dovere

39299
1997